左岸译丛

天降死鸟

Pourquoi les oiseaux meurent

Victor Pouchet

[法] 维克多·普歇 / 著
范晓菁 / 译

海天出版社（中国·深圳）

图书在版编目（CIP）数据

天降死鸟 /（法）维克多·普歇著；范晓菁译. —深圳：海天出版社，2018.7
（左岸译丛）
ISBN 978-7-5507-2386-3

Ⅰ.①天… Ⅱ.①维… ②范… Ⅲ.①长篇小说-法国-现代 Ⅳ.①I565.45

中国版本图书馆CIP数据核字(2018)第079831号

版权登记号　图字：19-2017-204号
Pourquoi les oiseaux meurent
by Victor Pouchet
© Éditions Finitude, 2017
Current Chinese translation rights arranged through Divas International, Paris
巴黎迪法国际版权代理(www.divas-books.com)

天　降　死　鸟
TIAN JIANG SI NIAO

出 品 人	聂雄前
责任编辑	胡小跃　岑诗楠
责任校对	林凌珠
责任技编	梁立新
封面设计	知行格致

出版发行	海天出版社
地　　址	深圳市彩田南路海天综合大厦　（518033）
网　　址	www.htph.com.cn
订购电话	0755-83460239（邮购）　83460397（批发）
设计制作	深圳市龙瀚文化传播有限公司 0755-33133493
印　　刷	深圳市华信图文印务有限公司
开　　本	787mm×1092mm　1/32
印　　张	6.25
字　　数	100千
版　　次	2018年7月第1版
印　　次	2018年7月第1次
定　　价	38.00元

海天版图书版权所有，侵权必究。
海天版图书凡有印装质量问题，请随时向承印厂调换。

"人们极可能并非死于疾病、灾祸甚至衰老。我认为恰恰相反：人会因为未经历的东西而死亡。"

——弗雷德里克·贝特[①]

[①] 弗雷德里克·贝特（1954—2003），法国作家，1993年出版的短篇小说集《幸福》获法兰西学院小说奖。

1

大批死鸟从天而降。我不停地对巴黎河岸码头的船工们讲述着这件事,他们用奇怪的眼神看着我。但此事千真万确:大批死鸟从天而降。我从一艘船到另一艘船,一遍遍地重复着我的请求:让他们载我沿塞纳河顺流而下。既是为了一路观察鸟,也是为了去鲁昂市郊,那里正是一连串"死鸟雨"突发事件的现场。好几个船工当面嘲笑我,有一个认真听我讲完之后,建议我去圣拉扎尔火车站,因为那里每小时有一趟发往鲁昂的特快列车。一个运沙船工用一种我完全听不懂的语言回答我,大概是捷克语吧。他们搞不懂我的意图,但也没有立刻走掉,反正船上也没有给我的地儿。总之他们对此毫不在乎。

最终有个船工告诉了我蓝色塞纳公司的所在地。这家公司在其实并不怎么蓝的塞纳河上提供乘船旅游服务。公司门口的海报上画的是几个刚退休的老人，他们在游船甲板上喝着五颜六色的鸡尾酒，同时冲着远处的海崖夸张地微笑。上面写着："欢迎来到波提切利游船，您将开始探索从巴黎到翁弗勒尔沿河的绝美风景和丰富的人文自然遗产。"于是我推开了大门。从某种程度上讲，我难道不也是个快满29岁的退休人员吗？头发花白，长时间失忆，每天小心翼翼地艰难求生。

一个穿着水手服的年轻女孩告诉我，波提切利游船在维修，不过另一艘雍容华贵的塞纳公主号游船的船票正在打折，而塞纳公主号和波提切利号无论是航线还是航速都一样。"完全是同档次的游船。"她对我说。这句话几乎打消了我对此次游河所能产生的所有浪漫联想，但我还是买了票。就这样，我在这艘5天后起航的长110米、宽11米的船上拥有了一间双人船舱。

天降死鸟

我没敢告诉那个女孩我此次旅行的原因，因为那得花上很长时间，跟她描述上周出现在我电视上的死鸟群。那些画面潮水般不断地在我脑海里涌现。我清楚地记得全景的现场画面，还有记者对现场的准确描述："在庞斯库①这座小城，方圆百米左右，这场奇怪的死鸟雨……"

"我家，就在我家！"我当时就冲着电视机大喊。这场倾盆鸟雨刚好发生在我的老家。来巴黎居住之前，我曾在那座城市度过了最糟糕也是最美好的岁月——我的童年。不过我没看出来那是在庞斯库具体哪个位置，也许是在旧体育馆后面的达奈塔勒路旁边。现场用警戒小旗围了起来，上百个黑黑小小的尸体像是被一只灵巧的手精心摆放过，有些侧卧，有些两脚朝天，翅膀上有些油亮亮的东西，好像所有的羽毛都被稠腻的血黏上了。

在自家门口接受采访的路边居民也没给出更多的信息："那倒算不上暴雨或者大雨。"就在某个

---

① 庞斯库，法国上诺曼底大区市镇。

傍晚，几分钟内从天上落下大量死鸟，数以百计的鸟砸到地上。一个荡秋千的小孩被一只椋鸟的嘴打伤了耳朵，一些午睡的人被这些坠物掉到屋顶的闷响吵醒，还有些居民则以为受到了空袭。不过这些长翅膀的"炸弹"可不会爆炸，它们的坠落仿佛只因疲于飞行。从远处看，整个现场似乎是一个需要连线画出的几何形状，就像儿童数字连线画。26、27、28、29、30，连出来的是公主、大象还是骷髅头？

电视评论里反复出现"雨"这个字，尽管此事和简单的水蒸气凝结成水滴的过程并没什么关联。这让人联想到世界末日、重力的消失以及飞行和轻盈的不可能性。现在是10月的初秋，成群的动物尸体从上诺曼底地区的天空倾泻而下。

在这艘田园诗般的游船上，一位女售货员从容地对我莞尔一笑，递给我一个装有船票和行程宣传册的信封。我应该告诉她（尽管她并没有这么要求），那些鸟我已经关注了很长时间，并不是10月的这个清晨才想起它们来。我也该跟她讲讲我7岁那年的一个秋天，我在庞斯库得到一只鹦鹉，那是一只黄绿相间带黑点的鹦鹉。那时候因为担心它无法挨过诺曼底的严冬，在它飞到我家附近时我们逮住了它。当时我们还确信这是件大善事，给它买了一个蓝色大鸟笼，并给它取名阿尔弗雷德，这应该是鹦鹉该有的名字。阿尔弗雷德在我家客厅度过了一个温暖的寒冬，但到了夏天，它开始变得行为怪异：有些日子，它会长时间地尖叫，有几次在食槽上疯狂地跳动。为了不再被迫忍受它的各种骚动，我们把它挪到了花园。7月的某个下午，我一个人在客厅里玩儿，阿尔弗雷德突然一边尖叫，一边不停地向笼边撞。我赶紧跑过去，想分散它的注意力，但它越来越拼命，胡乱扑打翅膀。我很害怕它的叫声和它掉落的黄绿色羽毛，也担心它的爪子和嘴会弄伤我，于是赶紧往后退，接着便目睹了这只鸟儿生命中的最后时光。几分钟后它掉进血迹斑斑的那堆羽毛里死了。那是我第一次眼看着一个活物死去。父母（完全不知道事发时他们在哪儿）回家时，发现我哭着坐在鸟笼坟墓前。我完全说不出话，也没办法解释事情发生的经过，而且深信自己就是这一死亡的罪魁祸首。我哇哇大哭，只说出了一句"都是我的错，都是我的错"。我父亲试着劝我："别哭了，没事的，没人在乎这只鸟！"这次意外让我受了很大刺激，之后我开始机械地在本子上不停地画死鸟，直到母亲禁止我这样做。几个月后，我求哥哥借我电影《群鸟》的录像带。我就这样在阁楼的电视上第一次悄悄地看了希区柯克的这部电影。当时我被吓得不行，后来又看了大概三五次。到了晚上，乌鸦和海鸥的叫声一直萦绕在我脑子里。我感觉它们好像紧紧地抓住了我的头发。有时我在床上假装把自己关起来，就像蒂比·海德莉[①]在屋子最上层的房间被围困的那一幕。我把绒毛玩具向四处抛，想象它们是鸟。不过它们的嘴并不锋利，所以我可以存活下来。有一天，录像带突然消失了，于是我开始有了别的不那么沉重的担忧，比

[①] 蒂比·海德莉（1930— ），美国女演员，在1963年希区柯克导演的电影《群鸟》中出演女主角。

如学习成绩、如何让父母满意、逗女孩开心之类的……这些担忧最终替代了我对鸟类的恐慌。总之，就像我父亲说的那样："没人在乎鸟。"

看着庞斯库鸟雨的画面，我隐隐感到某个掩埋已久的童年记忆忽然又出现了，似乎这些鸟雨具有童年某个灾难的特征，而它现在终于显现出来了。蓝色塞纳公司的那个女员工一直冲我微笑，但我没怎么看她。我本该跟她说，这几天对鸟的关注可以说几乎让我有如释重负的感觉。事情不再只围着我一个人转了。

我父亲依然住在庞斯库，他应该对这事知道得更多。我给他打过几次电话，他都没接。

2

若不是在庞斯库发生壮观的鸟雨三天后,在别处又连续下了两场——在距鲁昂北部几公里的布兰维尔-克勒翁,和第二天在巴杜维尔①圣马丁修道院对面的塞纳河河湾——我都不确定自己是否会登上这艘船,至少不知道是否会这么快。

我坐在烈士街和特吕代纳大道交会处的咖啡厅里,翻开报纸,时不时瞟一眼对面广场的旋转木马,木马的颜色比任何彩色动画片的颜色都鲜艳。我观察着正在玩耍(大家都假装相信他们真的在玩耍)的孩子们迷茫的眼神,觉得这些转着圈的小孩儿其实并不知道在旋转中要寻找什么样的乐趣。他

---

① 布兰维尔-克勒翁和巴杜维尔同是法国诺曼底市镇。

们被放到"消防车""宇宙飞船"里,或是一只"苍鹭"、一辆"摩托"上——如此多他们今后不会真正体验到的生活经历——弄不清这些小不点儿到底是否在用目光寻找他们的父母。有的父母会和小孩眼神交流,有些则不予理会,而是专注地翻着杂志,或聊着天,又或者只是在思考他们自己无聊透顶的人生。那天,旋转木马在我看来是很严肃的游戏,孩子们为了能更容易地在每一圈的某个位置找到自己的母亲,会故意闭上眼,尽量不在此之前看她。人们总是自己吓唬自己,又自我宽慰,简直就是自作自受。看着此情此景,我觉得人其实并没有真正无忧无虑的童年,这显然不同于某些人希望我们相信的那样。在旋转木马上我又看到那个鬈发男孩,在他身上我好像看到了自己:梦想着被人崇拜、欣赏,想在这个无限旋转的世界里找到自己的一席之地,结果却迷失在自己的各种欲望中,不知道到底是坐直升机好还是米老鼠好。之后,我又继续埋头翻阅报纸,一篇文章猛地把我从沉思中唤醒:"新一轮多场死鸟雨发生在塞纳河沿岸的上诺曼底地区：布兰维尔-克勒翁和巴杜维尔。围绕着塞纳河的各种疑问开始与日俱增。"

从咖啡馆回家后，我一直躺在床上，仿佛那些鸟雨的消息实在太沉重，以至于我连站立的力气都没有了。第一篇报道出来后，我就开始有意识地剪下所有相关的文章，集中贴在一个笔记本中。《巴黎诺曼底报》多次刊登相关文章，有一次甚至用了整版来报道。国家级媒体也发表了几篇短文。一些环保协会发布了几篇公告，地方鸟类狩猎俱乐部也发表了一些声明，还有很多人在网上的论坛留言。

我把这些都抄到了本子上，还把一些照片、在庞斯库或别的地方或死或活的椋鸟图片、对鸣禽的科学综合分析和过往所有相关事件的资料都贴到本子里。我想"我在搜集正在发生的世界末日的种种迹象"。没人对该事件的成因给出肯定的答案，但有不计其数的猜测；关于各个事件发生的具体时间，也没有任何信息。这些鸟究竟什么时候死的？在天上的时候还是坠地的时候，或者是在一阵狂风暴雨中？也许很久以前就死了？我专注地翻阅贴着这些新闻的笔记本，列出了一个无解的方程式。鸟的数量乘以各个日期，鸟雨区域的周长除以经纬坐标值……这一切自然都毫无结果。我处在一种混乱的躁动之中，于是决定上网，用一系列新的关键词查找信息：死鸟雨20世纪诺曼底、椋鸟坠落鲁昂庞斯库、塞纳河毒药鸟布兰维尔-克勒翁、鸟类专家鸟坠落河、死因鸟飞行猝死……另外还有一些强大的编程算法自动给出的搜索词句，我多希望它们无所不能。当我想到"搜索引擎"这个词的时候，我就会想象一台在大游轮储藏舱里全身渗着机油、冒着黑烟、轰轰作响的巨大涡轮。这和简洁的谷歌首页完全不符：白色沙漠般的背景上仅有一个彩色的谷歌字样。我把以下几个关键词变换着位置，反复思考其含义以及它们在我头脑中到底占什么位置：鸟雨、死鸟、死鸟雨。我还指望能凑出一句有逻辑的话，突然我坐了起来，然后又躺下。我觉得很热，打开了窗，盯着对面阳台上无精打采的鸽子，好像它们能给我带来一些答案。但我还是再次回到电脑旁，焦急地不断刷新《巴黎诺曼底报》的网页，期望有新的消息。除了那两篇已经被甩到页面最底部的文章，一无所获。这些文章已被安放在突发战争和重要政治声明后面。我很生气，想大声喊叫或者干脆好好睡一觉。最后我找到了奥利维耶·维尔曼的电话号码，他是巴黎博物馆的鸟类学家，他的名字在很多文章中被提到。我以记者的身份给他打了电话，他说他实在不想再接受采访了，这只是个小事件，一件"逸事"而已。但我还是问他，连着下了三场鸟雨，就没有任何可疑之处吗？他回答说："也许吧，我不知道，奇怪的是它们发生的地方互相离得很近，也都在塞纳河沿岸。如果有什么需要深究的，那就是那条河，但您知道这种偶然事故……"他还没有讲完就告诉我他很忙，然后挂了电话。

晚上10点左右，我决定出门一趟。因为我觉得除了楼对面的鸽子和电脑屏幕上我焦急的倒影，我得见见别的人。我去见了吉勒。我们约在维宏街的克莱蒙大酒店见面。这是家崭新的大酒店，主要面向喝苏士甜酒的上了年纪的顾客。我跟吉勒聊起了椋鸟以及我极想了解事情经过的强烈愿望，我把事情从头到尾和盘托出，跟他讲了庞斯库、布兰维尔-克勒翁、巴杜维尔接连发生的鸟雨，还有那只发疯的鹦鹉。他微笑地看着我，这在我看来是不合适的。我跟他说："没有任何事会无缘无故地发生。我觉得那些鸟因坠落而亡，刚好落在我头上，落到我家，落在我的童年时光，或落到别的事情上。它落在我们大家的头上，落在我们对鸟雨的执念上。报道将此描绘成各种危机，表达他们的'集体崩塌感'以向我们售尽报纸。危机变成事件的第二层外衣，我们甚至并未意识到这一点。危机伴随所有人活着，所有人也都生活在危机中。但无数的鸟从天而降，大家却一眼都不看。"

吉勒大笑，藐视地说："那好，你去看看呗，看看你的那些椋鸟。与其在网上耽误时间，不如走近看，睁开眼看现实。所有的鸟雨都发生在塞纳河河岸对吧？这就是个线索，就像你那位鸟类学家说的，你可以调查一下，做点有用的事情。"

我用怀疑的眼神看着他。他接着说："对呀，你可以去探索一下呀。学校也给你很多自由时间，不是吗？"我说："我没驾照，吉勒，而且那些鸟雨区离地铁站也很远，那些鸟可没有落在地铁4号线上。"吉勒说："你为什么不能回你家？我是说回你爸家一趟，沿着塞纳河走或者沿路搭便车都行。"也就是在那个时候我才有了这个主意：还有什么方法比坐船沿河观察更好呢？这也是鸟类学家提到的几场鸟雨唯一的共同点。那就得好好利用，找艘船，然后一路换别的船，得找艘小船。我叫吉勒跟我一起去。他跟我说："我对鸟没兴趣。"他的声音里似乎带有同情的味道。处于兴奋状态的我说："没人对鸟感兴趣，吉勒，我也不感兴趣，但这不是问题所在。可能此时此刻就在几公里外，很多鸟从天而降，就在离这儿几公里的地方。就算没人感兴趣，那也是个大事呀！"他沉默了一会儿，然后嘲笑我自以为独具慧眼，借鸟向人们演说，想成为先知。

也许吉勒无视我并没有错，再说他也要工作，要准备一个诉讼和下周要交的各种材料。在我这个年纪，大多数朋友的生活已经进入平稳期，稳步建立自己的事业和稳定的感情关系。他们的蓝图都画得清清爽爽、漂漂亮亮，而我在这方面就只能算个乱涂乱画的色盲儿童。自从和阿纳斯塔谢分手以后，我一周爱上一个人，甚至每天都会坠入爱河好几次，无论在公交车站还是在图书馆。和朋友在一起的时候，我感觉自己处于失重的状态，像微粒漂浮在由多年的犹犹豫豫和过久的学生生活组成的混沌之中。在我周围，大多数人应该都面临着人生的转折点，但他们更能以成人的方式泰然处之。我跟吉勒谈过我的人生转折观点，但他再一次大笑，然后把它归咎于我毫无用处的焦虑情绪。我一直在努力克服我的焦虑，这可比对鸟的事情投入的时间长得多。还有些别的问题：比如害怕自己不存在，感觉自己停滞不前，但又朦朦胧胧期盼着某天开始新的冒险。我又点了杯啤酒，看来只能把死鸟雨作为自己的私事了。

3

5天后,在塞纳公主号出发之前我继续抄写,并反复翻看我的笔记,找一些准备放进行李的书。我有的是时间,还有账户上的几百欧元。大学给了我一份奖学金让我完成博士论文,正好还剩几笔要发,其实我已经放弃了这篇论文。这着实令人担忧啊。

现在我开始以一种好学生常有的那种完美主义态度,认真严肃地研究起那些鸟儿。这些椋鸟可以说是向我扑来的。那条河让我想起了我的童年。我因此有了沉重的负罪感,而这份负罪感也成了促使我行动起来的动力之一。几天时间内,我搜集了所有关于鸟雨的媒体报道,包括网上的信息。在我合上笔记本时，里面已经有足足172页的内容了，但我有些失望，这本零零碎碎的"小说"还是显得有点蠢。我得扩大我的查找范围，撒大网找到别的答案。不知道为什么，我的基督教理知识首先引导了我。我回想起神甫坐落在庞斯库的住所旁冰冷的教区大堂，清晰地听到了大舌头的西蒙神甫给我们讲述孤儿摩西①和其他新旧约中大有教益的经典故事。很明显，我应该顺着这个方向继续调查。我翻开我的《耶路撒冷圣经》，它就像一本教科书：包着塑封，内封上总是用红色圆珠笔纤细的笔迹写着我大写的姓和小写的名，接着是初一（4）班的字样。有时我很怀念那个时期——必须上学，也必须相信一切。

《圣经》中大批动物从天而降的事例很多，大多数情况下都是一种惩罚。《出埃及记》中记载了法老拒绝释放埃及的犹太人，于是上帝降下很多动物惩罚法老。首先是青蛙，"它们死了，掉到房子

---

① 摩西，《圣经》中所记载的公元前13世纪时的犹太人领袖。

里、院子里和田里",并且让整个国家臭气熏天;然后是蚱蜢,让它们吞噬所有的草,其间下冰雹;还有蚊子和牛虻。这让我想起我曾在科西嘉岛被牛虻叮咬,当时我正在一群山羊旁散步。我想象着自己的身体爬满这些赤褐色的苍蝇般的东西,它们悄悄地吸着牲畜和人的血。怎么知道这是不是上帝给法老的那些牛虻,或是那些牛虻无耻的后代?每次上帝都会事先警告法老:"如果你不想放过我的人民,我就会让牛虻飞到你身上,飞到你仆人还有你的人民身上。它们会进入你的屋子。埃及人的房子里和他们赖以生存的土地上将会遍布牛虻。"

上帝践行诺言,下了牛虻雨,就像他曾经下过青蛙雨和蚱蜢雨一样。

庞斯库难道也是因为某事而受罚?在《出埃及记》里,同样出现了一场鹌鹑雨。这次不是惩罚埃及人,而是为了拯救希伯来人,他们已经两次走出埃及,至西奈沙漠,到了以琳①和西奈山之间时,已

---

① 以琳,地名,出自《圣经》里的《出埃及记》,意思是"甜"。

经饿得奄奄一息,于是再次怀疑上帝的存在。他们悄声反对摩西和亚伦①,甚至开始高声反对上帝。于是摩西通过亚伦向他们宣布上帝已听到他们的言论,会给他们肉吃。这仿佛是上天喜欢的方式。当晚很多粮食便以死鸟坠落的方式送到他们身边。第二天清晨,白色的露水变成了一种蜂蜜蛋糕:几乎是一顿完整的早餐。

我迷失在这些"坠落""天灾"或者"上天的礼物"中。如何解释这些动物在天地之间进进出出?庞斯库的这场鸟雨是否预示着跟随第一个出现的摩西,离开法兰西王国去红海的时刻到了?唯一确定的是这一切并不是今天才有。

---

① 亚伦,《圣经》中的人物,摩西的兄长,他协助摩西率领以色列人走出埃及。

4

在这个"《圣经》之夜"后的两天,我站在了贝西码头尽头的塞纳公主号面前。大多数旅客都需要别人扶一把才能登上舷梯,否则就会掉进水里。他们一个个小心翼翼地直起身子,也许这就是一个有关卡戎①的神话故事。卡戎伪装成这个殷切的女接待,而旅客却不知道自己已经走上了生命最后的旅程。

大家都佯装自己即将开始一段梦幻般的伟大游河,个个看起来都乐在其中。船员都穿着光鲜亮丽的制服,漂亮得简直配得上一艘横渡大西洋巨轮

---

① 卡戎,希腊神话中冥王哈得斯的船夫,负责将死者渡过冥河。

的磅礴气势：对襟外套配金纽扣、海军短裙或长裤、袖口绣金饰带、肩章、黑领带、"蓝色塞纳"徽章。他们个个眼神坚定，头戴让人有些焦虑的帽子。旅客们拖着巨大的行李箱，他们的女佣和仆人似乎随时都会出现，手提帽盒和柳条箱匆匆赶来。我有些犹豫是否也要表现得像在1923年登船前往越南西贡的样子。

这艘船也像一辆载满退休人员的水上大卡车：橘棕色调的双色画、斜挂肩上的照相机、河上游客疲惫的心灵。

一上船，我就进了自己的船舱，放下行李。通知说一刻钟后会有一个启航说明会。我拿出自己的东西放到衣柜里，就好像要在这里待上几个月。这条线路我已经坐火车走过几十次了，但坐船回庞斯库还是头一回，我从未走过如此漫长而迂回的路线回家。

我刚到巴黎那会儿经常回庞斯库，为的是看我父亲。之后就越来越少了，后来就干脆不回去了。我母亲住得不远，和我父亲分开后她搬到了郊区，而我则在巴黎上学。庞斯库离我父亲家既不是特别近,也不是特别远。那不是一个特别热情的地方,所以也没旅行手册上说的那么吸引人。

旅行前几天,我上了庞斯库的官方网站,想看看有没有什么新消息。网页上说"庞斯库是一个拥有近7000名居民的小镇,以宁静著称,同时又在体育运动、文化方面活力十足,颇负盛名"。也许正是完美结合了"宁静"和"活力",结果正负得零,也就是说它几乎就不存在,但它却确确实实存在于地图上,离鲁昂仅几公里的距离。也因这场致命的、蹊跷的、活生生的鸟雨,它的存在也被证实了。庞斯库住满了庞斯库人,这个词让人联想到随千禧年出现的一个新职业——生活助理①,他们照顾无法出门的老人,是个需要勇气的工种。

每位船员胸前都戴着一个刻有自己名字的仿铜铭牌。苏珊在上甲板的餐厅发言介绍说自己是这

---

① 法语中庞斯库人(Bonauxiliens)和助理(auxiliaire)的后缀发音相似。

艘船的负责人,负责餐厅和住宿。"我就好比一个交响乐指挥,也是你们和船员之间的桥梁。我将随时为大家服务。"这趟旅程好比一首交响曲,而苏珊奏出了最初的音符。她介绍了全体船员:服务员、厨师长、船长、活动主持人……然后详细讲述了接下来的停靠站点和娱乐活动,以及一日三餐的概况。我心不在焉地听着这段"旋律":早上有晨练,晚上有钢琴演奏,沿途还有博物馆参观。船上有酒吧,一日三餐还赠送一次香槟。看来生活还在继续,一切都还不错。

旅客中,我应该是年龄最小的,而且比他们的平均年龄小40岁左右。我环顾餐厅,坐在了最靠里的桌边,旁边有两个胡子男和三个顶着一头完美烫发的女人。

苏珊的"音乐会"演奏完后,大家默默地鼓掌,然后就到了早餐时间。这是河上漫长旅行的第一餐。服务员端上迷你甜酥面包时,塞纳公主号从贝西河岸缓缓起航。眼前各种可爱和迷你的东西让我想起了阿纳斯塔谢某天提出的一个商业项目,它具有极大的商业前景。她说:"我们应该培育出一些极小的海豚,迷你海豚。它们是世界上最可爱的动物,我们改变它们的基因,把它们变小,小到可以放在自家鱼缸里。然后就可以大卖了。"也许该联系一位生物学家,向他提出这个建议。但此时此刻的我只顾大口吞下这些迷你葡萄干面包,对其他事毫不关心。与此同时,我平静地看着令人绝望的国家图书馆大楼渐渐消失在舷窗外。我曾在那里捧着冰冷的书,消磨了无数个冷冰冰的日子。

"您好,您一个人?"

这是胡子男一号。

"嗯,是的……是的,我一个人来的。"

然后是一阵沉默。我知道很难想象一个年轻人会参加这样的旅行团,而且还不是和自己的女朋友一起。

"啊,这很好。"他几乎像是在道歉。

"我给您介绍一下,这是我的妻子韦罗妮克。我是让-皮埃尔。这是我第二次坐蓝色塞纳的船。您为什么来坐船?"

"我觉得……嗯,为了探索一下塞纳河、乘船旅游什么的,反正这个旅行看起来挺有意思。"

我不知道还能说些什么,我得演戏,但我没什么想象力。

"您是做什么的?"

"我是武器装备工程师,现在已经退休了。"

他伸出手,有力地和我握手。我们又闲聊了一些没意义的话题:"我再给您斟点咖啡""羊角包很棒"(老年人特别喜欢评论食物)……我解释了自己为什么来这儿,其中混杂了无目的旅行和偶然调查这两个朦朦胧胧的说辞,朦胧得就像这浓雾弥漫的巴黎清晨。

让-皮埃尔似乎对此还有点兴趣。几分钟后,我掏出了自己那本死鸟笔记本,展示了这几天搜集的所有资料,给他一页一页地翻看那些文章和照片,也陈述了一些推测。

"我很了解鸟,您知道吗?"让-皮埃尔说。

然后是一阵沉默,这使得他的话显得更有分量。他接着又说:"我甚至还知道一个很特别的、有关鸽子的事情。"真的吗?我用疑惑的眼神看着他。"研究那些天上飞的或者从天而降的鸟可是我的专业。"

我赶紧问他在武器装备方面能做些什么。他似乎抖了抖胡子,接着,眉毛一扬,就开始像机关枪扫射一般滔滔不绝地讲了起来。1956年他刚从工程师学院毕业就开始专门研究导弹学。那还是苏联和美国在这个领域领头的时期,法国竭尽全力也只能勉强占有一席之地。"我们尝试着建立法国独有的导弹学。"他强调道。我很喜欢这种古怪的描述。很快,让-皮埃尔就越讲越详细。他提到了苏联导弹,介绍了它们的特性,比较美国和苏联的技术差异:R-13海对地(射程600公里,精度1800米,可自燃燃料驱动),R-9地对地(煤油液氧驱动,射程11000公里,当量可达到230万吨)。他列举了一系列新导弹(我都晕了):SM68美国泰坦导弹、LMG30F民兵导弹,还有他参与研究10年的M1法国导弹、普鲁东计划、哈得斯计划……所有希腊神灵的名字都用在了这些高精尖技术上。还有各种数字和字母、冲压式喷气发动机、反坦克导弹、反舰导弹、反空导弹、反卫星导弹、反导导弹。

我友好地缠着他问了好多问题,尽管很难听懂这些武器装备(火箭、发动机、雷达、目标导弹、巡航导弹)的功能,但我喜欢听他讲话,这些数字能让我暂时放下鸟雨现场、各种报道以及对此事是否符合逻辑的思索等等。有时,最好让逸闻趣事淹没我们的日常生活。我梦想着有一天,生活能成为可以很快遗忘的一个附属品,没有负罪感,只剩宏观的视角和难以辨识的精确,整个世界都变得双眼模糊,取下眼镜之后,不见真相,只剩下无数难以辨认的细节。我在脑海里总结了一下让-皮埃尔的话,那就是要建造尽可能飞得最远、瞄得最准的导弹。让-皮埃尔口若悬河。我很欣赏有人能对如此冰冷理性的解释注入如此大的热情。他给我讲述了很多关于导弹的事情:秘密基地、工业谍报,还有冠以滑稽名字的各种计划,简直就是一个虚构的科技战争,这一切也造就了现今复杂精密的武器装备。

他已经忘了鸽子的故事好一阵了。船现在离开了巴黎河岸,大家都在甲板上观看两岸宏伟的历史建筑,只有我们还坐在桌前。巴黎正在我们身后展示它过度磨刷的建筑物外墙。

"鸽子在这当中起什么作用?"

也许该在塞纳公主号上聊点温柔的事情了。我怕自己被弹道导弹冷战误导,走得太远。一位男服务员过来撤去咖啡杯,擦去桌上的食物残渣。一切都收拾好了,我们出了巴黎城,来到了伊西莱穆利诺,穆利诺意为"小磨坊"——今早似乎一切都缩小了。

"我会回到鸽子上的。梦想中的完美导弹是智能导弹,是有生命的导弹。您看看这一切,所有导弹装备,之所以能被实现都因为有导航技术:电子导航,然后是自动导航,而自动导航全靠雷达。现在我给您讲讲技术细节:简单地说,这是一个电磁波系统。您知道在此之前我们是如何给导弹导航的吗?很简单,在发明雷达之前,我们无法导航。一切都由投掷的方式决定——角度、射程、打击力,等等，所以我这就要提到您的鸽子了，不用担心。

"1942年，有个美国工程师——其实他并不是一个真正的工程师，而是应用心理学家，也不真是应用心理学家，是动物心理学家，反正是个很重要的家伙，非常有名，哈佛大学的教授。他决定攻克导弹导航最关键的问题。当时正值战争时期，珍珠港事件刚刚发生，武器研发竞争正如火如荼地进行。那家伙叫斯金纳①，可以说他是巴甫洛夫②的后继之人。他汲取了前人的经验，即我们可以操纵动物的条件反射，让狗抬起前爪，等等，将之命名为'操作性条件反射'，也就是说，教会动物对复杂的信号进行反应，甚至提早预料到信号。他向美国军方提出的建议非常简单，给导弹导航只需利用鸽子，操纵它们辨识地图上的一点，然后把它们关在导弹里，让它们啄地图，使发射器不偏离中轴。斯

---

① 伯尔赫斯·弗雷德里克·斯金纳（1904—1990），美国心理学家，新行为主义学习理论的创始人，新行为主义的主要代表。
② 伊万·彼得罗维奇·巴甫洛夫（1849—1936），苏联生理学家、心理学家，1904年获诺贝尔生理学或医学奖。

金纳很简洁地概括道：'聪明的武器需要聪明的领航员。'而鸽子正是聪明的飞禽，现在我们低估了它们。

"于是斯金纳训练它们对一些图像进行反应。要知道，它们的大脑在这类任务上的反应比人类快三倍。如果它们啄对了图像，一个活闸门就会打开，给它们食物作为奖赏。只要导弹偏离了目标，鸟就会啄一下，调整轨道。他们不是放一两只鸽子，而是三只鸽子，这样可以减少失误。这就是将动物的直觉运用到军事技术上的例子。鸟类不仅能飞过战壕，传送信息，也能承载一颗炸弹，变成敢死队飞行员。斯金纳将此命名为'鸽子计划'。"

让-皮埃尔的激情让人非常振奋，但也很难让人不怀疑他是不是开始胡编乱造了。鸽子计划？真的吗？他打消了我的疑虑，告诉我美国军方斥巨资研发这一项目。此项目在几年内都是军事机密，他们付给了斯金纳2.5万美元，让他进行研发，这在当时可不是小数目。他用几个月的时间训练鸽子，让它们打乒乓球、在镜子中识别自己，以及通过越来越复杂的程序啄到目标。他已经完成了对装备的测试,他让它们整装待发。

同时,还有个家伙向军方建议,把一大群蝙蝠变成点燃的炸弹,到了目标上空就从战机上抛出。当然,没人真正相信这些怪诞的计划,但我们也不是完全不信。美军真的能将轰炸任务全权交给鸽子吗?它们被训练过吗?1944年,人们发明了雷达,比起三只被操纵来啄地图某点的鸟,电子技术毕竟更可靠,于是鸽子计划很快就被放弃了。

"您所说的从天而降的鸟跟这有关吗?敢死队、鸽子什么的,也许有联系呀……"

我很难相信落下的椋鸟能和这个"鸽子计划"扯上什么关系,但这种猜测也不是完全没有道理。在我的调查过程中,总有人会提出枪手单独作案理论[1],即孤狼理论。那种行为令人费解、无法查明,而我也正朝着这个方向前进。也许有人利用鸟进行投雷,或是一个念旧的工程师继续着斯金纳的计

---

[1] 美国总统肯尼迪遇刺一案,官方调查认为暗杀是独行枪手奥斯瓦尔德一个人干的,但疑点重重。

划,让椋鸟在飞行时爆炸?

让-皮埃尔去了卫生间。我在本子上记下了鸽子计划的细节。谁知道呢,也许某天能用得上。庞斯库是哪个战争的战场呢?我倒更希望那些战争从未发生过,而动物武器也只存在于那些变态工程师、被蔑视的军队统帅、动物心理学家和逃跑的将军们的头脑里。我在笔记本上画了一只被绑在导弹上的鸽子。就在那个时候,我头脑里出现了一个非常清晰的画面:在美伊思睿河岸新桥鸟店看到的那些孔雀鸽(还有它们扇子一样展开的灰色尾羽)。我当时被这种奇妙的生物性碰撞所吸引,看了它们很久,它们既像自负的孔雀,又似被蔑视的鸽子。我想象一只孔雀鸽参加空战,冲向死亡,在天空中展开骄傲的羽翼,啄着目标点,眼神中露出不祥之感。孔雀鸽变成战斗鸽的这个画面让我突然想到了"自恋癖"这个词。这个词曾经很时髦,我们经常在杂志上看到,它是隐藏着的新敌人,是占领我们日常生活的黑暗势力。"在你的工作伙伴中找出有自恋癖的人""您的丈夫有自恋癖吗?""见证：我和一个有自恋癖的人生活了15年"，等等。

在我的画下面（算得上是说明文字吗？）我用红笔写下了关于鸟类心理学的这个问题。

鸟有自恋癖吗？

5

船到圣德尼岛时,我结束了关于"鸽子计划"的谈话,因为不想错过船驶出巴黎的时刻。我走上"阳光甲板",这个甲板从名字上就在对抗糟糕的天气。右舷放着一排软椅,我在其中一张上坐了下来。虽然这只是一次内河旅行,但软椅的样式却有横跨大西洋巨轮的气派。塞纳河弯弯曲曲,蜿蜒迂回,水流丰沛,这都是河床轻微倾斜的缘故。我是在苏珊分发的旅行手册上看到的:"塞纳"这个词来自拉丁语的"Sequana",是源泉女神的名字,最初的意思是"流淌"。这条河也确实把流淌这个任务完成得很好。

手册上写得很清楚:塞纳河从巴黎到入海口的

过程中，总共下降26米。也就是说此次游河，我们将缓缓下降10层楼的高度。

为了不让自己的眼睛闲着，我期盼着每个河湾。心想也许某处的景色变化能为我众多的疑问带来答案。我在窥伺，期待着让人欣喜的美景。出发前，我在地图上圈出了塞纳河沿岸的那些工业区（这次游河也是一次岁月的穿越，河岸边仍保留着某个辉煌时代的生动痕迹）。船缓缓地左右摇曳时，岸边的大烟囱让我感到沮丧。比扬古库的老工厂、阿彻尔的污水处理厂、普瓦西的标致汽车工厂、宝士威热力发电厂、维尔农的化工厂，当然还有那些无名的公墓、隐蔽的加工厂和其他消失了几个世纪的精炼厂。我知道在这些地方应该更加用心观察，这些死鸟也许就是一个巨大的化工丑闻。

我沿着这弯弯曲曲的河流，如饥似渴地看着眼前的一切，就像在迫不及待地欣赏风景，这些内陆景象深深地打动了我：无人问津的、淡淡的不幸，那些充满期许的山丘、远在天边的小岛，还有被忽视的十字路口。我正望着这个曾有过奇怪节庆的神秘地方，河湾处突然出现了一个被植物侵占的城堡废墟，从山口就能看到整个山谷一直延伸到海边。"重要的是转变方向。"某天，一位科西嘉牧羊人这样告诉我。在科西嘉岛，人们会偶然碰到科西嘉牧羊人。我想，在这条河上，在到达大海之前，我总能转个方向，期待新的事物；不过也会惧怕某些事物，比如水坝、工厂、城堡、河流汇合处、鸟群、秃鼻乌鸦舰队、蓝色小嘴乌鸦军团、武装鸽子、新的船闸和过去的爱情。

一个略显沙哑的女声把我从深思中唤醒，是船上大副的声音。船不时减速，然后就会有一个很响的声音从扩音器中传出，介绍我们有幸能沿河饱览的了不起的建筑。讲解词从很多个喇叭中传出，让人仿佛置身充满圣人之声的地下墓葬一般。"亲爱的旅客们，在左边可以看到梅当市[①]。透过树丛就能看到著名作家爱弥尔·左拉的故居。右边是普拉泰

[①] 梅当市，法国巴黎远郊市镇。

岛的费西奥鲍里斯①,曾是个休闲度假村,现在已经被遗弃。"

这个声音让我心中一颤。这是一个脆弱而温暖的声音,如同一块泛着光泽的古木,似乎应该用来讲述比旅客须知更美的事情。也许它之后会哼唱妮娜·西蒙娜②的"哦,天哪,别让我被误解"。

我瞥了一眼左拉的小资住所。我对它并不是很感兴趣,不过右岸的景象倒是吸引了我。缓缓映入眼帘的是个休闲度假村(这个词的每个字都如此地忧伤),先是它巨大的、盛满棕色泥水的方形游泳池。我目不转睛地盯着这个废弃的水池,还有一旁已经裂成两瓣的跳水板,接着是那个高耸的、插入水池的冲浪滑梯,然后是螺旋状爬梯,连最高处的扶手都被锈斑和细小的野生灌木吞噬了。滑梯向靠河的这边弯曲,延伸到水池中。灰蒙蒙的晨光穿

---

① 费西奥鲍里斯,1928年一对妇科医生兄弟在塞纳河上共同建立的一处崇尚自然的休闲娱乐场所。
② 妮娜·西蒙娜(1933—2003),美国爵士乐女歌手、作曲家和钢琴表演家。

过红、蓝两色的陈旧塑料滑梯,支撑滑梯的廊柱似乎快在孩子们的奔跑中崩塌了。后面出现了半圆形的柱廊建筑,也许以前是更衣室和淋浴间,还有吧台、屋顶日光浴场,现在看来像一座年久失修的钢筋混凝土希腊神庙,也许像阿波罗神庙。它曾是消遣娱乐天堂,可提供周末乡村聚会。圣人的雕像、冰激凌甜筒、转瞬即逝的时光、紧绷的肌肉,这就是费西奥鲍里斯的地盘,一座几乎已经覆灭却仍然没倒的小城,让我们想到永恒的生命。以前人们一定在这里举行了很多大型的比基尼派对:祭日庆典、神话滑稽模仿剧、乌贼法兰多拉舞,想喝柠檬汽水的儿童在合唱有关圆满爱情和多变人生的歌曲。至于那个正在消失的蛇形滑梯,可以想象孩子们一个个大步爬上去的画面,甚至能听到每个人滑下梯子时的尖叫。这也许就是能做的最好的事了吧:眯着眼躺在这张秋日躺椅里,随船摇摆,回忆过去单纯的夏日喧哗。

船又开始恢复原速,它不可能一味满足旅客想

天降死鸟

放松的要求,在每个废墟前停留。我看着河岸、小小的支流、树丛,那些所谓的码头,其实只是聚满驳船的地方而已,船似乎永远停泊在那里,很难相信某天它们起航去征服别的河流或真正的海洋。我也很难想象我们的塞纳公主号乘风破浪的样子,它没有那个气魄,其规模只能让人想到一只令人担忧的象海豹在水面扑腾的画面。如果它也停靠在这其中的一个码头,也许它就再也不会出航了。谁知道呢?旅客和船员们满足于组织一个小小的昏昏欲睡的旅行团,大家将在这条河流深处度过永无止境的退休岁月。

野生植物群侵占了两岸。我在一排排的柳树间寻找着缝隙,想在低矮的树丛中看到一丝光线。我想象自己在密西西比河上,现在漂流到了它的某个支流——只需离开这艘老年船,跳上哈克贝利·费恩[①]和他的伙伴吉姆的少年木筏。哈克讲笑话时我一定会哈哈大笑。当我们在湍急多变的河流中摇摆

---

① 《哈克贝利·费恩历险记》,美国作家马克·吐温创作的长篇小说,小说《汤姆·索亚历险记》的续集。

时，我会高兴或害怕地大叫。我们还会悄悄地藏到河边的小村庄里。我仿佛看到了那本栗色封面带插图的书，我就是在书中发现了哈克贝利的冒险经历。躲在小船一端的黑奴吉姆的那些图画依然历历在目，他曾在一棵垂柳下汗流浃背。

以前，父亲每晚总是边抽雪茄，边给我念书。所以我童年的夜晚、衣裳以及所有的时光都慢慢染上了雪茄味。在念完马克·吐温的小说之后，他又给我念了沃尔特·司各特①的《昆丁·达威特》《苏格兰弓箭手》。而史蒂文森②的《金银岛》，是童年时期最让我激动的历险。

此时，一个满头银色短发的女人来到了甲板上。很难猜出她的年龄。她抽着一根极细的香烟，就是美国好莱坞电影中的那种。也许历险对我来说永远都带有薄荷凉烟的味道，我已经搞不清那是时

---

① 沃尔特·司各特（1771—1832），英国著名的历史小说家和诗人，代表作《艾凡赫》。
② 罗伯特·路易斯·史蒂文森（1850—1894），19世纪后半叶英国伟大的小说家，代表作《金银岛》。

尚牌香烟的气味还是西尔弗烟斗的味道,又或者是我父亲的雪茄味。现在我把自己当作是小吉姆·霍金斯①,开始了一段探险,去找那个装了木假腿、肩上有只鹦鹉的海盗,他就像我那个表里不一的父亲。

---

① 吉姆·霍金斯,《金银岛》主人公。

6

我倚靠栏杆,身子前倾,就像要接住刚掉下的某个东西。我看着塞纳河,水流平缓,让人惊讶。塞纳河是不是没在流淌呢?我沉迷于这棕褐色的河水和我父亲抽烟的形象,思忖着也许他就是我此次游河的间接原因。

我想起第一场鸟雨之前我连着几个晚上做的梦,其中有个梦仿佛给我指引了一条地图上没有的路。似乎是在一部关于动物的纪录片里,我清楚地记得那是一个清晨,我看到自己在河边,但同时又在河里。我在河床上观察水流,就像一只逆流而上的鲑鱼。此时父亲出现了,但他到底是鲑鱼还是人类?我只记得水流、鲑鱼和"逆流而上"这个词,以及我从河岸上看着它时产生的怜悯之情。

醒后我开始思考鲑鱼的一生，想起它们的生死和繁殖，想起众多岩石。溯河洄游到自己准确的出生地前，鲑鱼皮会从灰色变成红色，头则变成绿色，在生命的最后时刻又会变成三色信号灯，而这信号灯又会变成战斗的盾牌、矛和钩。它们下颚巨大，雄性的背上会新长出一个大包块，在死亡之前要完成自己繁衍后代的使命，因此得为获得雌性而战斗。

要完成这个使命就需要洄游上千公里，这需要难以置信的体力。鲑鱼的一生就是一趟长途往返行程，其间要跳跃无数瀑布，过程中会遍体鳞伤，还要躲避天敌，有时是狗，有时是熊，还有猞猁、渔夫，当然最常见的还是筋疲力竭的状态。在词典上它们的名字写的是拉丁文salmonem，来自动词salire，即"跳跃"。鲑鱼是个跳跃者，真正的跳跃者。我从奇怪的梦中醒来，突然想飞奔着大喊："我们都是鲑鱼！"甚至更夸张地喊，"我也一样，我也要洄游、跳跃、逆流而上、不畏天敌！"

这个梦是在以过于简单和晦涩的方式指引我前行的方向，让我沿着河流，去探索我人生故事开始的那个郊区，去看我的父亲？父亲一直待在庞斯库，他只会偶尔写信捎来消息，这涉及他可笑的自尊和身份认同。信中有无数过长或过短的句子，读起来像广告传单。我曾尝试给他回信，但每次都深感疲惫。小时候我就花了很多时间竭力阻止家庭讨论演变成论战。因为父亲认为，大家都应该选择自己的阵营，然后和现实作战。对他来说，一切都让人失望，或者不完善。要么太左，要么太现代，要么太庸俗或者太蠢。他认为要么反抗世界，要么选择逃离。过去的日子里，他用各种方法渐渐远离了自己的周遭：朋友、兄弟、女人和孩子。我实在厌倦了争斗，所以逃离战场，跑到巴黎，只是偶尔回他的信。

二战刚结束时，我父亲诞生在诺曼底的一个中产阶级家庭。他跨越了两个不同的时期，一边是现当代的诱惑，另一边则是19世纪无尽的苟延残喘：

一成不变的传统和众多失败的革命。我的祖父母是包办婚姻,所以我父亲应该是在一个僵化禁锢的环境里长大的:猎后的晚餐、后悔没把儿子送到陆军子弟学校的军医、令人窒息的价值观、各种侮辱人的规定。20世纪60年代开始,世界在他周围渐渐敞开胸怀,前景渐渐变得广阔,但他在饭桌上仍然没有发言权。他被迫学习法律,祖父专制且阴沉,对人横蛮,令人难受。

其实我对他的青少年时期几乎一无所知,因为他不怎么提起,也许比我想象的要幸福。他只讲过他在巴黎参加托洛茨基①分子反抗运动,那是他生命中一次致命的失败,也是一个重大的启示,他尽其所能夸张地抨击那些岁月,自己却是在那些岁月中长大成人的。他学会了写作、反抗一切、永不停歇地辩论,直到敌对阶级筋疲力竭。也正是在那个时期他遇到了我的母亲,我猜想这其中应该还是有那

---

① 列夫·达维多维奇·托洛茨基(1879—1940),苏俄和苏联早期领导人之一,联共(布)党内反对派首领。曾参与领导彼得格勒十月武装起义。

么一点欢乐吧!至少他会因年少时的激情满满而微笑。可他并没有保留这些美好的事物,只知道将其化作幻灭的哀歌——一首有关欺骗和被个人与集体奚落的哀歌。对他而言,五月风暴①完全不像他人歌颂的那样,根本不是什么可歌可泣的事,而只是一场灾难的开端——在法国,也在他自己身上——引发了一连串错误。尽管他激烈反抗自己的家庭还有其他很多事情,但他依旧喜欢把这个事件当成一个彻底的失败,没有快乐,没有自豪。

就像无数能言善辩的疲惫者一样,他从不敢自我反抗,反抗自己深深的悲伤。这一切,他从未清楚地讲过。我只能这样猜:他的那些政治抱负是否剥夺了他从事其他事业的可能性。他声称的"参政"是否真的扰乱了他和旁人的关系?他出生在富裕的中产阶级家庭,梦想成为列宁一样的人物,结果发现最后成了一个有点学问的小公务员,被禁锢在一个自己无法去爱的小家里。我就是这样理解这

---

① 五月风暴是1968年5月在法国爆发的一场学生罢课、工人罢工的群众运动。

些事情的——他未能实现自己的英雄主义梦想，过于热衷于巧辩，至今还耿耿于怀。

他给我念过很多书，也让我自己看很多书，给我讲了很多故事。他培养了我对外部世界的好奇和对道德败坏的仇恨，也许也遗传给我这种焦虑，我尽力不让它变得乖戾。在巴黎，我感觉离他很远，这反倒让我有了安全感。如果是鲑鱼，它们会怎么做呢？这个河流的美梦是否会激励我回到那个灰暗的家？我可不太情愿重回父亲那个神经质的家。我刚醒，我不是特技演员，也不擅长游泳，自然可能被淹死。

7

到目前为止,河上和周围都鲜有飞鸟的踪迹,岸边偶然会出现几只海鸥和白骨顶鸡。但我也并不了解鸟类的习性,比如它们喜欢哪些季节,在哪里筑巢。我对鸟类学的了解极其有限,这一短处给我造成了困难,直觉也可能会错。我就像一个只能看懂一丁点字的读者,其实根本弄不清"异想天开"和"奇思妙想"之间的区别,却必须笨嘴拙舌地编造一些解释,臆想一些答案。我希望塞纳河上的雾气能把我变成英明的皮提亚①,一个可信的先知,能阐释各种预兆,懂得上天的旨意。

---

① 皮提亚,希腊神话中特尔斐城阿波罗神庙中宣示阿波罗神谕的女祭司。

此时，我正在凝神观察游船护栏上的一只海鸥，它疯狂地点着头，小小的头上有小小的黑点。它看着我，好像在说：是的，是的，是的。然后左右转动着小脑袋，接着又开始啄自己的胸膛。我把这看成是一种鼓励："是的是的是的，继续前行吧。"之后，天下起了大雨，不是鸟雨而是冰雹，毕竟已经11月了。我回到了船舱。

我四处走走，想多了解一些这艘110米长的塞纳公主号。其实走一圈也没费多少时间，下船舷（被叫作"主船体"）有43个舱房，从100号到199号；上船舷（被叫作"上层建筑"）位于中间，有80个舱房，从300号到399号。我对自己的313号房间很满意，它位于船的正中心。船两端是公共空间，是我们这种临时旅行团的集会区，后面是餐厅（装修风格品位差，有点让人失望）和厨房。靠近船头的地方有一个没什么用的商店（里面卖餐巾纸、手表、笔、明信片、巴黎旅游手册，已经关门），然后是一个带舞池的大厅，被叫作"高级沙龙"（有块牌子);最后是占据了整个船头部分的"全景酒吧"(不放过任何一个文字游戏),里面有一台小三角钢琴,还有一览无余的河上全景。

大厅总体是20世纪80年代的风格:看起来很假的米白色的皮质、金色圣烛吊灯、普罗旺斯旅店风格的室内水彩画,好像是一部电视剧里的布景——船上的生活难道不是更美好?我穿过这些地方,一切似乎都处在半死的状态。现在是午休时间(我错过了午餐),两个服务员正在餐厅扫地,三个女人面前摆着两杯咖啡。离晚餐还有6个多小时。

我参观了游船,但感觉什么都没看到。只剩机舱和驾驶舱了。我在接待处见到了苏珊——我们这个昏昏欲睡的"交响乐团"的指挥。我向她做了自我介绍。我以写报道为由,请求她带我参观一下工作区,于是她允许我去指挥室看看,还带我到船长那里。船长百无聊赖地坐在扶手椅上,大副正在驾驶,我进去时她转过头来。喇叭里那个声音和面前的这张面孔显得格格不入。这张脸虽然不是非常美,却有些特别的吸引人之处。也许是那个稍歪的长鼻子,或者是那个盘得过高又累赘、有些威慑力的金色发髻吧!

苏珊介绍了我:

"这个年轻人是记者。他在写一篇报道,一篇有关……有关什么的?"

"呃,这是个很好的问题。我在写有关塞纳河的报道,塞纳河和鸟。不过只是准备阶段,我在做……"

"欢迎乘船!"船长打断我的话。

"他让我带他参观一下游船,我想给他看看这艘船的'心脏部分'。"

我不清楚苏珊这样说是不是在讽刺他们,还是仅仅是一种夸大的说法。

"如果有什么问题或者想做采访,请开口。"船长说道,"我对鸟类了解不多,但对塞纳河还算了解。"

苏珊离开了,驾驶舱内安静了好一会儿,船长翻开报纸。我看着大副微妙熟练的动作:她灵活轻巧地转动方向盘。这需要高度集中注意力吧!肩膀、脖子、双腿,整个身体都紧绷着,当然也是为了配合这些细小的动作:转动方向盘、往左一点、往右再用力一点、左边一下、右边一下。这个缓慢而无规律的舞蹈也许让大家避免了沉船,就像鸽子啄地图,让导弹回到目标轨道。

此刻的冷场实在有些尴尬。我开始攀谈起来:"我很高兴能看到'喇叭里的声音'!"我这个莫名其妙的笑话并没能让她发笑,得找个办法逃脱这个尴尬的聊天,得说点什么。于是我开始聊到她在喇叭中提到过的费西奥鲍里斯地区,她好像无意接话。我又立刻继续描述那个庞大的滑梯和那些废墟,正当我要讲述我记忆中的哈克贝利·费恩时,她收到了从高频广播中传来的咝咝作响的呼叫:

"纪梵尼港口呼叫塞纳公主,纪梵尼港口呼叫塞纳公主。"

对话效果非常糟糕,港口的呼叫时断时续。大副回答:

"塞纳公主收到纪梵尼港口,塞纳公主收到纪梵尼港口,请讲。"

然后是一声啸叫,一连串哔哔声,接着是混乱的人声。我被这个无法进行的对话、先前的自言自语和不稳定的电波声搞得身心疲惫,心想必须得离开驾驶舱了:

"塞纳公主,塞纳公主,我回313号房间了。"

8

我很高兴回到了自己的房间。不再有需要调试的频率、需要应对的纬度，也不再需要没话找话。313号房间的内部装饰和其他房间风格一样，这种软禁般的环境倒是让我安心，比如小床上那张平整的床单，舷窗限制了我的视野，也可以让我不再胡思乱想。我需要好好组织安排调查。

我从行李中拿出几本书，把它们摆放到床对面那张极小的桌子上。直觉告诉我，这些书里隐匿的内容组成了引出真正线索的公式。我把一些段落记在小本子上，再添加一些自己的想法、传说的片段、神奇的句子和对话，还有一些真实故事。

天降死鸟

我翻开查尔斯·霍尔·福特①的《入地狱者之书》第一册。随着我对鸟雨调查的深入,这个人的名字很快成了绕不开的十字路口,也就是所有奇怪和无解现象必经的连接处,这一点在前言中就有了提示:查尔斯·霍尔·福特反对严肃的科学观点,"兼有摩西、达尔文和莱尔②的坚定"。他所谓的"异端分子数据"动摇了真实世界的平衡。

1919年查尔斯·霍尔·福特出版了《入地狱者之书》,整理了一连串无法解释的现象,以此对科学、宗教甚至整个世界进行质疑。其前言中写道:"为完成此项工作,我们不得不把6万条记录仔细分类,放置在39个鞋盒里,然后逐一印证核对。这不是一本书,而是一栋绝妙的摩天大楼。"与它相比,我的96页装克莱芳丹牌笔记本真是相形见绌,但我觉得它也有和查尔斯·霍尔·福特一样的抱

---

① 查尔斯·霍尔·福特(1874—1932),美国作家,尤其喜爱写各种超常现象。
② 查尔斯·莱尔(1797—1875),英国地质学家、律师,地质学鼻祖,英国皇家学会会员,地质学渐进论和"将今论古"的现实主义方法的奠基人,均变说的重要论述者。

负：像摩天大楼和天一般高的抱负。我深入其中，或许也会摔得粉身碎骨。

我顺着作品令人难以忍受的慢节奏阅读，冗长的文字，无尽地东拉西扯，不停地转换主题，各种事实的堆积，引述10多种科学杂志、图书和报纸：《每月天气评论》《西蒙斯气象杂志》《魁北克水银日报》《塔斯马尼亚科学周报》，等等。

那些"可恶的数据"出现在每个章节的题目中，看起来就像幼稚的诗句："蓝月亮和绿太阳""血肉幼虫愁云下的冻土""彗星-惊喜""黑暗的邻里""电鳐和可操纵的世界""隔空移石移水移汽油快乐的怪物长龙"……

查尔斯·霍尔·福特让人头晕目眩，他让读者穿梭在各个历史时期、不同宗教之间，疑问越来越多。他总带着挑衅，让人疲倦，但同时也感人肺腑。他不停地用强有力的引文为自己辩护，反驳把这些事件看作疯癫行为的说法。其实这是一个有真知灼见的人，他记下了黑雨、黄雨，箭、咖啡豆、针和光盘形状的小物件的大批坠落，红色暴风雨，

天降死鸟

1903年12月19日在法国乌东①下的一场薰衣草色骤雨（1904年法国气象局），俄罗斯蓝色、淡紫色和灰色冰雹，一具像牛肉的尸体从奥兰皮亚温泉②的天空落下，格陵兰岛③海岸边的桃木砧，勃朗峰上出现的水生动物。

我整页整页地抄写《入地狱者之书》，终于遇到一位可以对话的人了。当然，他比我更疯狂，但绝对是个了不起的家伙。可爱，也许有点疯。他指出了第三条路，既不是现实主义的，也不是理想主义的，而是一条折中的路："我认为没有什么是真实或不真实的，所有这些现象不同程度地同时接近虚无和真实存在的一切，因而我们的存在是一种中间状态，在正负之间，真实和虚无之间。"我很害怕自己也陷进这些事件中。阅读让我兴奋，也有点疲惫，我在这种正负和真实虚无的中间状态中睡着了。

---

① 乌东，法国西北部卢瓦尔河流域市镇。
② 奥兰皮亚温泉，美国肯塔基州著名的温泉疗养地。
③ 格陵兰岛，丹麦王国的海外自治领地，世界第一大岛，大约81%的面积被冰雪覆盖。

9

我醒了,感觉不太好。口水淌到衬衣和印有几何图形的泛黄床罩上。我不知道自己在哪儿。我又做梦了,梦见自己在海边的大草坪上野餐,父亲穿成餐馆服务员的样子:肩披金色饰带,头戴可笑的鸭舌帽。在猛地冲向我之前,他变成了海鸥,像一只饥饿的动物。我慌忙四处躲闪,求它不要攻击我,但没用,海鸥还是猛烈地俯冲过来。周围的人都端坐在巨大的木餐桌边,专心细品难吃的三明治,没人放下手中的圣女果来帮帮我。

我决定给父亲打个电话,看庞斯库有没有什么新闻。他的手机一直空响,我再次留了言,告诉他我打电话的日期和时间。我尽量让自己的声音显得友善。他的消失让我开始感到奇怪,他到底去了哪里野餐呢?

我从舷窗往外看,船停了。一只海鸥待在河岸上。难道就是刚才那只海鸥?我们已经到纽约了?

我换了衬衫回到接待处。

"我们在吉维尼,"苏珊告诉我,"马上会有一辆大车来载想去参观克洛德·莫奈故居的旅客。"

一年前我去过莫奈故居,那时我和阿纳斯塔谢到过花园门口,但门是关着的,因为在整修。

苏珊问我:"您想去吗?车快开了。"

我决定不再去吉维尼,甚至发誓过再也不去那个地方,这辈子都绝不再参观那个博物馆。那些睡莲尽管悠闲地漂浮在那儿,但我是不会再去吉维尼的。这是对那次旅行的默哀。这次拒绝又让我想起了阿纳斯塔谢,我和她度过了非同寻常的甜蜜岁月,有时觉得甜蜜得我俩都醉了。我记得她给我的分手信中这样写道,"我曾深爱你迷恋我的方式,但讨厌你正在变成的样子。'逃避'在你身上一发不可收拾,你让我想到契诃夫作品里的主人翁普拉东诺夫。与其说是主人翁,不如说是一个完全一事无成的人,一个不幸而渺小的小学教员,梦想成为文学家和伟人,在男女关系中为自己人生的失败寻找不可能的心理补偿。其实这也就是个小白脸。你的各种犹豫和自负肯定还会持续很长时间,你的智慧也已消失殆尽。祝你好运,普拉东诺夫。"

而我要让吉维尼和契诃夫都消失殆尽。我独自去逛船上的商店,看了看里面那些明信片:塞纳河及其两岸的风景、海崖的照片,还有很多莫奈的画。在那一堆明信片中,有一张引起了我的注意,画里有两个男人枕着大靠枕,躺在河上的一艘小船上,身上披着绣花被子。他们看起来很虚弱,脚上缠着纱布。船的一端放着一支黄蜡烛和一些墓地用的白花。左边的男人眼神迷离,一只瘦削的手悬在水面上,他的同伴精神也不比他好。他的同伴看着河,两手交叉在腹部上,似乎已准备好夜间守灵了。我翻看卡片背面，才发现自己早就知道这个故事。每次参观朱米耶吉斯修道院①废墟时，我父亲都会给我讲"受刑者"的传说。去修道院得从鲁昂再往西，沿塞纳河继续走。他说这个词得按其最初的意思理解，即"受过烧烙膝部肌腱酷刑的人"。这两个落魄者，筋疲力竭，瘫软在这艘没有全景酒吧的船上，那就是克洛泰尔和希尔德西，他们既没有客运主任，也没有大陆式早餐。他们是克洛维一世的两个儿子，母亲巴蒂尔德曾是法国的摄政王后。他们从圣土朝圣回来后刺杀父亲克洛维一世②时，被母亲巴蒂尔德烧掉了膝筋，因为王后认为阻止他们逃跑比让他们在朱米耶吉斯落脚更可靠。"这个传说可以给你一个很好的警告。"父亲讲述完墨洛温王朝③的故事后甩了这么一句，他每次戏谑式的讽刺都让我有些吃不消。

―――――

① 朱米耶吉斯修道院，法国诺曼底省的一座修道院，始建于654年。
② 克洛维一世（466—511），中世纪法兰克王国奠基人、国王。
③ 墨洛温王朝，法兰克王国的第一个王朝。

我买了那张明信片，准备贴到本子上。我在想，如果有那么一天，我有能力组织一个反对老爸老妈的军团，就得先算好如果被流放到河上，能这么躺着待多久。也许我已经开始在我舒适的死亡之船——塞纳公主号上胡思乱想了，该起身探探临近的危险了。我应该提防哪些紧张、恐惧、失控、海鸥的攻击和追逐，以免做出无意义的事情来呢？

10

夜幕降临,晚餐时有一场关于"印象派转折点"的讲座。嘉宾过于活泼,以至于看起来根本不像一位艺术史学家。就在我们嚼着软塌塌的鳕鱼背脊肉时,他一边播放着印象派的画作,一边强装热情地对它们进行点评。"简直就是一次视角革命!"他总在麦克风里大喊,也许是为了唤醒听众保守而倦怠的双眼。

晚饭过后,全景酒吧是唯一能让人放松的地方。让-皮埃尔——那个讲鸽子计划的胡子男坐在我对面,问我的调查有没有进展。"我非常关心,您知道,我对那些鸟非常关心。"他唠叨着,但我无法告诉他关于此事的任何新进展,所以只能沉默。

他起身要回房间,说白天的博物馆徒步参观让他疲惫不堪。厅里只剩十五六个人,几对情侣好像在努力寻找话题。然后就是我一个人,坐在一张迷你圆桌后的米色软凳上,桌上放着一大杯杜松子酒。我慢慢地喝了一半,还把柠檬片捣得稀烂,这时一个男人坐到钢琴前,他应该是在吉维尼上的船,除非他整天都在房间里睡觉,否则我应该看到过他。生活和酒精在他的脸上留下了岁月的痕迹,几缕浅棕色的刘海从黑帽边露了出来。他光着腿,穿着船上提供的鞋子,身穿一件背上打了补丁的粗呢格子外套,仿佛是来自另一个年代(19世纪或者克洛泰尔①和希尔代里克②所在的7世纪)。先前的背景音乐被关掉了,聚光灯打在钢琴上,照亮了这张新面孔。

第一个和弦就不对劲,不过倒也把我从半睡半醒的状态中拽了出来。钢琴师接着笨拙地即兴演奏了一段极刺耳的音乐,整段音乐由反复几个简单的

---

① 克洛泰尔二世(584—629),纽斯特里亚国王,613年至629年为法兰克国王。
② 希尔代里克二世(662—675),法国国王。

和弦组成，幸好最后有个轻盈的变奏拯救了这一讨厌的曲子。几分钟后，这位音乐家作了自我介绍，眼睛却一直没离开键盘："我叫白马，晚上好。"接着，他开始唱歌，整个过程他都目不转睛地盯着钢琴，低沉的声音到每句的结尾部分都会变得很尖，虽然几乎都没在调上，但每次都饱含真情。他的第一首歌是关于戒酒的抒情歌，也许是对我手里的那杯杜松子酒唱的："我心中的酒啊，我害怕你飞走；我将充满爱地舔舐；那些因为爱你而留下的数不清的伤痕。"他接着唱，"酒啊，即使你飞走了，也别忘了我爱你；当你将离我远去，还是要想起我呀！"

我彻底陶醉在他情深意切的歌唱中，尽管歌曲非常简单。他又演唱了一些失意的哀歌、有关社会危机的诗，和关于世界灭亡的副歌。周围似乎没有人专心听他唱。他自顾自紧闭双眼，左右摇晃。如果不是因为他坐着，恐怕他会滑到钢琴下面去。他常徘徊于唱和尖叫之间，人们也跟他一样，感到他的人生在快进中浓缩成几个音符。在最后那首歌中，他开始对几个幽灵说话:"致我们神经质的美好回忆／致医务室里的促膝长谈／我们在那儿肩并肩对抗病魔／小小的疯人院变成了天堂。"

他重复唱了三遍最后这段，然后像要提醒大家一样，越发卖力地唱起来:"致早班的护士；致我们夜晚的美妙；致我们的药物；致我们疯掉的朋友们；致我们的窃窃私语；在那些幽暗的楼道间里；致早班的护士；致我们夜晚的美妙，等等。"没人再继续喝那些糟糕的鸡尾酒了。整场演出就像安托南·阿尔托①空降到扶轮国际②的会议上念诗一样尴尬，他脸上的聚光灯熄灭了，几个听众畏首畏尾地鼓掌。他离开舞台时，灯光非常昏暗，好像刚才那场骑士般潇洒的表演从未发生过一样。

我转过头，白马先生就在吧台。我走到他身边，请他喝了一杯，这一杯可不会飞走。他握握我的手，依然用艺名自我介绍:"晚上好，我叫白

---

① 安托南·阿尔托(1896—1948)，法国演员、诗人、戏剧理论家。
② 扶轮国际，一个由商人和职业人员组织的全球性慈善团体，推销经营管理理念，并进行一些人道主义援助项目。

马。"好像这是他的真名一样。

很快,这位白马先生的滔滔不绝让我想躲到他的背后。他极度焦虑、诗意,是个无政府主义者,完全可以当一个溃退、受伤但依然骄傲的军团的嗜酒将军。我想,这样一个海盗模样的男人是怎么来到这艘漂亮的塞纳公主号上的。原因是跟家族有关:船长是他的舅舅。

"我老舅聘我来'蓝色塞纳'的时候对我说:'该变老了,阿尔蒂尔·兰波[①]。'我当时就大发雷霆。那时候我身无分文,而诗歌在这种时候才最有用,但我还挺喜欢我老舅这个比喻的。再说我也愿意坐这种看似奢侈的船到处晃悠。船上没人听我唱,这些歌对他们来说太伤感了。这是我第三次表演,第一次是在卢瓦尔河[②]上,那是一条奇怪的河。5月份我还走过一趟'浪漫莱茵之旅',风景非常美,又可以白吃白喝。我基本上可以想干吗就干

[①] 阿尔蒂尔·兰波(1854—1891),法国著名象征主义诗人。
[②] 卢瓦尔河,法国重要河流,发源于临地中海岸的塞文山脉南麓,在布列塔尼半岛南面注入大西洋。

吗。如果喝多了，会有人来管我。有时在喝开胃酒期间，他们会叫我弹一些大众化的爵士调子，还挺受欢迎。晚上，没有主题派对的时候（他们有时组织沙龙舞或者音乐剧，如果你感兴趣的话……）我就给他们表演一些自己的东西，即兴表演。大多数情况下没人跟我说话，也许是因为我的歌或者我的气质……"

当他聊起他的"酗酒危机"时，我们点了第三杯杜松子酒。他突然聊起他特别喜欢那些难对付的年轻女人，她们满足了他的渴望，然后又再次激起他的渴望。他还跟我讲他二十几岁时组摇滚乐团的事，他们轰动一时，大受欢迎，却因此失去了自由，还说到他在巴黎、圣德尼和他最后的避难所——阿尔代什①的生活。

"那你在这儿干吗？"他问道。

总算逮着机会，我借着酒后迷糊又兴奋的状态，跟他说了鸟儿坠落和我的调查。我们又喝了一

---

① 阿尔代什，法国南方省份。

杯,接着大副就来到了我们身边。

"啊,我给你介绍一下克拉里丝,这艘船的船长助理,她和我老舅在水上驾驶,是我们塞纳公主号的守护仙女。"

她看起来很放松,不再有高频广播的烦恼,也不需要疯狂地摆弄船舵了。

"你知道吗,亲爱的,"白马对着克拉里丝说,"这个年轻人正在追踪无法解释的死鸟,这显然就是他的专业,他正在全力调查。他喝了第三杯杜松子酒了,当心,也许有点疯疯癫癫。在这种船上,什么人都有,谁知道呢?"

服务员给我们端来最后一轮啤酒。我很想补救驾驶舱里失败的谈话,同时也觉得她很美,当然我喝得也不少,于是我大声地反驳道:"真正疯癫的不是我对鸟雨心心念念。别忘了,下了整整三场这样的鸟雨哦!真正疯狂的不是我寻找线索、想找出原因,而是就我一个人这样做。一群群鸟摔死,但所有的人都继续过着他们的小日子。2000只椋鸟从天而降，而我们却自顾自地安然回家，并不觉得天上或地上有什么异常。你们知道吗，有人看到鸟落到地上垂死挣扎几分钟之久。真正的疯狂是没人真的知道发生了什么，而这一切在距第一次鸟雨现场北边几公里的地方再次发生，然后又发生了第三次。"

白马又说："你知道，我总觉得，世界灭亡不会让任何人痛哭流涕。没了树枝，鸟就会飞走。你是对的，你该继续你的调查。在我嘴里'疯癫'可是个大大的褒义词。"

克拉里丝接过话："有关动物的故事很多，疯狂的也很多。最近我看到一则新闻，说美国有个男子有私人动物园。居然有人可以拥有私人动物园，当然，只是在美国……那个家伙收集了很多动物，好像也收藏枪支弹药。某天，也不知道为什么，他突然厌倦了把动物们关起来。他有各种动物：猛兽（狮、虎、豹等）、鸟类、斑马、蛇，总之就是个名副其实的动物园。他发了火，打开所有的笼子，放了动物，然后拿出自己收藏的一支短枪，放进嘴里自杀了。那些动物在他的那个小村子游荡了24小时,田里和超市停车场,到处都是。洗完澡出来都能看见猴子,还得小心马路上的老虎和羚羊。当然,警察很快开始追捕,但并没有活捉那些动物,而是一个个全杀掉,在报纸上能看见这场大屠杀的照片。整个动物园的动物都死在了地上。太可怕了。"

现在轮到我对这场遥远的杀戮感到震惊了,但我不知道说什么。白马先生依然活着,但已经开始有点顶不住了,有时眼睛会闭起来十几秒,但又会突然醒来。我想到了洪水,诺亚和他的方舟:

"不知道为什么,这让我想到了一艘货轮。我记得它应该是在阿拉斯加海岸附近航行,载着成千上万个塑料玩具,主要是泡澡时用的小黄鸭。当然,货船在一次暴风雨中沉没了。"

"有船员幸存吗?"

"啊,这我不知道,这是个很好的问题。我知道的是,那些小鸭子都自由了,漂到了巨大的海洋浴缸里。几个月中,在温哥华海岸附近到处都是塑料小黄鸭。一有暴风雨,就会有黄色塑料鸭子出现在海面,都是从沉没的诺亚方舟中逃脱出来的。"

这次白马先生完全睡着了。头放在臂肘上,手则撑在吧台上。

"你觉得需要扶他回房间吗?"我问克拉里丝。

"他习惯了,很快就会醒。"

她叫我一起去甲板上抽烟。甲板上有些冷,但非常安静。应该是凌晨2点左右,远处是发电厂的三个大烟囱,三个巨型圆柱体,侧面被很多聚光灯点亮,倒映在河面上,就像乡村风笛舞会的花环装饰。烟囱吐出奇异的淡红色的烟,像是来自另一个世界的东西。这股厚重的烟雾,表面上似乎没有任何攻击性,慢慢飘散在一闪一闪的钢质长标杆之间。黑白的标杆应该是用来警示飞机或飞禽的。克拉里丝点燃香烟,说:

"这艘在海岸边运输玩具的货船倒是给人希望。"

"比起剥夺动物自由、沾满血迹的万森动物园①,那确实是。"

"对,可以说这是一次很好的沉船事件。"

"啊,好的沉船事件。也许这正是应该找找的东西:好的沉船事件。主要是要找到沉船最理想的方式。"

克拉里丝面对发电站抽着烟,面带微笑,避开我的眼神。我很想取悦她,跟她聊聊河里的水母。但水很混浊,没有一点儿浮游生物,也没有荧光色的僧帽水母,唯一的光源来自电厂。

"还有什么比一座核能发电厂更激动人心的呢?"我试图用反问的口吻挑起话题。

说这句话时,我又想起和阿纳斯塔谢在一起的一段日子。那时我们分分秒秒都在担心从日本福岛会飘过来核辐射云。我们一边等待世界末日,一边做爱,担忧地收听新闻,在几天时间内就变成了福岛第一核电站专家,可以随手画出1号、3号、4号

---

① 万森动物园,巴黎近郊的一个动物园。

反应堆的图,还有它们的放射衰减池,对反应堆爆炸、泄漏的时间,海浪的走向以及地震引起的损害都了如指掌。远离日本,我们不会受到毒气侵扰。在那个隆冬时节,我们执着地在远处关注一个即将随爆炸灰飞烟灭的世界。我们的爱情在那个时期得到了巩固,仿佛是由于对远东核灾难的焦虑。

在我的思绪暂时离开塞纳公主号去了日本海岸期间,克拉里丝什么都没说,她在我身边,靠着围栏,显得十分活跃。她没有回答我虚伪的问题,但好像稍稍靠近了我一些。于是我又开始讲话,想借此彻底删除对福岛核泄漏和阿纳斯塔谢的回忆。酒精给了我鲁莽的勇气,我转过头,对她说出了以下这样高明的话:

"你好美,就像夜里的核电站。"

就在克拉里丝让我吻她的时候,一个充满讽刺意味的声音从甲板的另一端阻止了我。

"还好吗,我没打扰到你们吧!"是白马先生。他声音很大,说明他酒劲正酣。

"我看有人正在占便宜!"

与此同时,眼前的东西摇晃起来,应该是酒精突然开始发挥作用了。发电站的灯光闪得越发厉害了,我很快意识到白马先生已经控制不住自己了。

"妈的。"克拉里丝长叹一口气。

他朝我们走来,抓住栏杆,一会儿冲着我们,一会儿又冲着塞纳河说话:

"我向你问好,老河。我向你问好,老河。"

他的眼神表明我接近克拉里丝让他不高兴了。他解释了自己的想法:

"小伙子,你那些可爱的鸟故事起作用了吧?克拉里丝,你没掉进他的陷阱里吧?克拉里丝,我们走,别管这个蠢货。过来!"

他来到我面前,一只手放到我肩膀上,拉紧我的大衣,上身贴着我的上身,在我耳边叨叨着比他的钢琴曲更粗野的诗句:

"好,现在冷静点,你他妈的给我冷静。"

这些诗句更多是表达了他的激动而不是我的冷静。他把我抓得更紧了,这个动作甚至恍若一场久别前的拥抱,或是一个慢动作的柔道表演,又或者是酒后激动的民间舞蹈。

"住手,热罗姆,你喝多了,太烦了。"

为了让他冷静,克拉里丝居然叫出了他的真名,这反倒表明真相越来越难掌握。我也开始叫喊:

"行啦,疯子!放开我,他妈的!"

我狠狠地转了一圈,两人都摔倒在地,然后在湿湿的破铁皮上扭打起来,酒鬼之间的一场决斗,英勇的骑士变得极度悲哀,就像在地毯上学步的婴儿。只有克拉里丝还保持清醒,在我们之间喊叫着劝架。她像拉粗布包一样往后拽我的一条腿。我试图站起来对付那个可怜的白马先生,但我离他已经有几米远,克拉里丝猛地放开我的小腿。我终于恢复了意识,为了更顺畅地呼吸,我四肢趴在地上,感觉自己就像只受伤的动物,不得不承认可耻的失败。我头很疼,一边吐着唾沫,一边最后一次大骂白马·热罗姆。克拉里丝扶他起来,然后转向我,说:

"我想你最好还是回房间吧!热罗姆状态不是很好,你看起来也没好到哪儿去。"

11

床头的喇叭响起了安达卢西亚民间舞曲,应该是早上的闹铃。我睁开眼,昨夜的杜松子酒还有它糟糕的结局都让我头昏眼花。克拉里丝把白马先生送回"马厩"后,应该回到了她的套房里。在发生这场可笑的冲突前,我已经要到了她的电话号码。昨夜,我在我的313号房间给她发了几条信息,掺杂着带酒精的挑逗和笨拙的道歉。她当然高傲地拒绝回复。她应该又开始驾驶了,因为透过舷窗看,船好像已经起锚,像疲惫的老妇人,在这条棕褐色的河流上缓缓前行。

在伦敦干杜松子酒的作用下,我的太阳穴还在难受地跳着疼。我纳闷自己怎么这么口渴,感觉血糖有些低,我打开普林尼①《自然史》的第二册,这是我出发前在塞纳河岸上买的。它简直就是清晨的一记响鞭,一剂强力提神药。我正需要它拭去前一夜的记忆。翻着翻着,我不得不承认有众多让人不安的事件和我所说的"我的事情"相关。昨天着地的肩膀还很痛,但我还是立刻把那些事件记到了我的死鸟笔本上。普林尼记叙了几场从低空坠落与动物相关物件的事件:"罗马702年的黏土砖雨""保路斯②和玛尔凯路斯③执政期间(罗马704年),卡瑞萨城堡周围下了一场羊毛雨;第二年米罗④被杀""阿奇利乌斯·格拉布里奥⑤和波尔奇乌斯·加图⑥执政期间(罗马640年)的奶雨和血雨""乌路纽斯⑦和

---

① 盖乌斯·普林尼·塞孔都斯(23—79),世称老普林尼,古罗马百科全书式作家。
② 路奇乌斯·埃米利乌斯·保路斯(约前230—前160),罗马共和国执政官。
③ 克劳狄乌斯·玛尔凯路斯(约前268—前208),古罗马执政官。
④ 米罗,罗马共和国末期保民官,庞培的亲信。
⑤ 阿奇利乌斯·格拉布里奥,古罗马执政官。
⑥ 波尔奇乌斯·加图,公元前114年成为古罗马执政官。
⑦ 乌路纽斯,公元前1世纪古罗马哲学家。

天降死鸟

塞尔维乌斯·苏尔皮基乌斯①执政期间（罗马93年）的肉雨，没有被鸟儿叼走的肉也没有腐烂""卢卡尼亚②的铁雨"，他强调说，掉下来的铁都是多孔的。

我试图把自己想象成多孔的铁，首先想到的是被酒精浸泡的大脑，然后是水槽里专门用来清洗顽固污渍的双面清洗海绵，接着是用来给受难耶稣献酒的"圣海绵"。据约翰说，耶稣受难前最后喊了一声"我口渴"。三个字简单却令人震惊，传达出了他所受的折磨，也表明了耶稣渴望却还没来得及命名的东西。三年前我在罗马的耶路撒冷圣十字大教堂看到了一件圣物，放在一个不完整的钉子和两个荆棘圣冠旁边。在这些微不足道的小玩意儿中间，那块圣海绵让我很吃惊，枯萎，黑乎乎的，像慕斯一样干枯的心。

我的思想很乱，是酒精、老普林尼或者福音书

---

① 塞尔维乌斯·苏尔皮基乌斯（前105—前43），古罗马执政官。
② 卢卡尼亚，即今意大利南部大区巴斯利卡塔，古罗马时代称为"卢卡尼亚"。

作用的结果。我仿佛看到自己在罗马,在各各他山^①上。金属海绵也从那儿落下,血、拉丁人的牛奶从天上倾泻而下。醋、羊毛衫缓缓飘落到地上,雨和砖砌教堂也在大气中化为泡沫。我口干舌燥,我把保路斯、玛尔凯路斯、苏尔皮基乌斯的执政时期全部弄混了。上帝啊上帝,为什么你抛弃了我?

高音喇叭里传来了苏珊的声音,中断了我穿越到古代的险恶旅程:地狱和被罚下地狱。午餐时间到了。

---

① 各各他山,耶稣受难地,位于耶路撒冷城外的西北方。

12

我走到上甲板的餐厅时,看到一个人夸张地将双手举过头,左右挥动,就像船上走廊里悬挂的防溺水示意图上的人所做的那样。这个"溺水者"是让-皮埃尔,他在向我发送求救信号。我走到他桌前。

"我在找您,有事跟您说。"

我坐下来,还没来得及跟他寒暄,他就开门见山。不过我还挺乐意再次看到他抖动的胡子的。

"这和您的调查有关。今早我睡不着,我现在总这样。5点就起床,弄得我妻子非常疲惫。总之,我起得很早,于是我去岸边走了走,一直走到发电站附近。您知道吗?吉维尼的另一边,河湾后面,就是我们停泊的地方。我在那儿走走,想散散心,清醒一下,刚好看到了这个。"

他拿出手机给我看一张照片。

"很惊人吧?"

"嗯,确实是。"

"它们就在岸上。5只,头朝天,离水很近,就像刚从水里出来一样,几乎排成一排。当然在拍照之前我什么都没动。我就想给您看看。"

他把手机塞到我手里,嘴唇不停地动,我不知道他是在微笑还是在嘟囔着什么。然后,他眯起眼,盯着我。也许他在探究我内心深处的什么东西,也许是见不得人的东西?最可怕的还在他的手机屏幕上。我把手机横过来,看到鸭脖上和身体侧面都有些小红点。除了这些带血的伤口,鸭子的嘴、羽毛和翅膀没什么特别的。但有一点毫无疑问:它们都死了。死了的鸭子,5只死鸭子。

"我看到以后立刻就想到了您。本想马上来找您,但不知道您住哪个房间,再加上船马上要开了。"

午饭时,让-皮埃尔给我带来了发电站附近的5只死鸭子的照片。这应该是个新证据,至少是一条可以探究下去的线索。但我不知道该说些什么。他又说:

"这5只被杀的鸭子确实很奇怪,我立刻就想到了您。"

我很感动,因为他看到死鸭子就立刻想到了我。这是他第二次告诉我了。我在想,总有那么一天,别人将自然而然地把我和死鸭子联系在一起。人们会口口相传,只要有鸟从天上掉下来,人们就会想到我。发生鸟类事故,大量鸟类被宰杀之后,我立即就会出现。

斑鸫、野鸽、红山鹑、绿头鸭或者丘鹬。只要看到动物在地上流血,或被狗叼走,人们就会想到我。从鸟窝里掉下的小鸟,人们救不了我救得了。"我立刻想到了您。"他们会对我这样说、这样写。那些给生命垂危的家养虎皮鹦鹉安乐死的兽医们,他们也会想起我。人们在屠宰场,打晕珍珠鸡、鹅和喂肥的小母鸡,准备宰杀前统统会感受到我的存在。

我11岁那年,曾在外婆的花园里捡到过一只翅膀受伤的小鸽子。假期结束时,我们都还不知道它是否能康复。我不在的时候,外婆照顾它。她常给我写信。很久以后,我偶然发现她寄给我的一张明信片上面写着:"我的小孙子已经11岁了,真了不起呀。在此送上我最美好的希望和祝愿。爱你的外婆!附言:那只鸽子一切都好。"那句"那只鸽子一切都好"陪伴了我很久,像一个加密的信息。我记不清细节了,但完全可以回想起生日那天第一次读到信末附言时的欣喜。我重新找到这张明信片,再次读到这句话时,依然感动不已。那可是我外婆温柔的笔迹啊!即使现在周围有上千只鸟从天上掉下来,即使我有关鸟的逻辑有点不靠谱,但每次念叨外婆的这句话,都能让我信心十足。它是如此简单,就像初学外语时的一句话:"那只鸽子一切都好,那只鸽子一切都好。"

那只鸽子一切都好，让我们言归正传，回到鸭子上来。很显然，让-皮埃尔给我带来的照片从很多方面来看都让人惊讶。但我没办法回去看那些鸭子，为了调查它们而让船转向，我错过了岸边的这5只鸭子。应该把它们和庞斯库的椋鸟联系起来吗？它们是自由落体式坠落，还是在落下以后被杀的呢？或者它们在水里已经死了很久，然后被河水冲到岸边的？也许它们感染了某种急性病：西班牙禽流感、埃博拉、鸭霍乱……我怎么知道呢？又或者它们只是同时死亡，水鸟大批死亡？

我把照片放大，但并没发现任何特别之处。照片像素颗粒越放越大，这张"法医鉴定"让死鸭子显得更加冰冷。我把手机还给他，他问了我的电话号码："再有情况的话，我得联系得上您。"他微笑着说。

我乘这艘船是为了跟踪线索、搜集证据。我有些自责，因为杜松子酒、白马、克拉里丝分散了我的注意力,这5只鸭子未能死得其所,它们在核电站岸边默然死去,这让我很伤心。我想起了克拉里丝铀一般熠熠生辉的美。我想重新开始调查,于是给我父亲打电话,再一次留下毫无用处的语音信息,但我更加疲惫了。

"您脸色很难看,眼睛都睁不开的样子。"让-皮埃尔对我说,"吃点东西吧。"

"我已经观察了两天,可什么也没看见。我的眼睛都快瞎了。"我回答说,夹起萝卜丝。

吃完水果沙拉,我发现右舷窗外出现了我熟悉的景色,我们正在沿着庞斯库前行。在铅灰色的天空下,我走上了阳光甲板,看着那陡峭的河岸。庞斯库圣母院从高高的悬崖上俯瞰着我们。在它前面,纪念圣女贞德的巨大建筑顶上,是打垮世纪末日之龙的金色大天使米歇尔。有几只海鸥在教堂和驳船之间无忧无虑地飞翔,似乎并不担心魔鬼、第七天使的号角及灵魂的救赎。到此为止,一直非常平静的河流在鲁昂岸边逐渐拥挤起来:运石油、运沙、运煤、运水泥和垃圾的驳船正在往来穿梭，我们的游船准备靠岸。

我靠近了很可能藏着某些答案的地方，那就是庞斯库海崖后面——第一场死鸟雨发生的地点。第二场在更远一点的布兰维尔–克勒翁，鲁昂再往西。从庞斯库到布兰维尔–克勒翁，再从布兰维尔–克勒翁到庞斯库，也许真相在渐渐显现出来。我应该能从父亲那里直接获得一些消息，熟悉的河岸重新给了我勇气。

沿塞纳河顺流而下并没有太大的急流，我原先想象会偶遇起伏多变的峡谷、危险的船闸、湾流里的黑魔法、地狱之河上的艰难漂流。其实，我并没有意识到自己偏离了航向，而且路途泥泞，难以看清真相。不过，我在死鸟笔记上还是记下了不少信息。我睁开眼，但又看到了什么呢？一只海鸥点着头盯着我，5只绿头鸭死在发电站旁，一些美国军鸽、上千的塑料鸭在北太平洋游荡。我并没什么太大的进展。所幸的是我现在可以到陆地上看看了，那里才是事件发生的主要舞台。

船开始进入诺曼底的中心。我本应把自己想象成一个幻想破灭的浪漫主义英雄,站在阳光甲板上,头发随风飘动,只需对着这片看到过死神从天而降的大地喊一声:"致我们俩,庞斯库;致我们俩,鲁昂;致我们俩,巴比伦①。"

---

① 巴比伦,《圣经》中的罪恶之城。

13

下午,我们即将到达鲁昂,当时,我正往第四杯咖啡里放入充满童年记忆的方糖,童年时蘸了咖啡的方糖是那么的甜①。苏珊开始介绍丰富愉悦的陆上活动,这次行程很紧凑。那天晚上的那个激动的讲座嘉宾将全程导览,包括参观美术馆、漫步历史遗迹中心、参观一座传统木筋墙面屋和大教堂。

我们在右岸停靠,那儿离我少年时第一次吸烟的地方不远,那时是为了吸引女孩子才吸的烟。我的身体回忆起这口老烟的味道:我的右肋一阵紧张的小抽搐,在肋骨之间的肺下面引起了疼痛。克拉

---

① 此处借用普鲁斯特的"马德莲贝壳蛋糕"的表达法,将蛋糕换成糖块,指主人翁的童年回忆。

里丝从驾驶舱来到舷梯,送客仪式开始了:在每个停靠站,所有船员都站成一列,等候在出口处,恭送游客下船,这显得有些滑稽。酒保、两个女服务员、苏珊、克拉里丝和船长,按照等级顺序站好,双手放在身后,戴着帽子,恭送老年旅行团。旅客们跟随拿着红蓝小旗的导游上岸,缓步前行,经过刻有"塞纳公主"字样的船舱。下船时我转过头,向克拉里丝望去,本想说点逗趣的话,但就像上次在驾驶舱一样,没找到合适的开场白,机会失去了,取而代之的却是我瓮中之鳖似的被动处境。

我跟着队伍走了几米,然后就离开了。在诺曼底我可不需要别人指路。

我走到大教堂所在的拉辛街。说真的,比起神圣的教堂,我更希望看到马德莱娜。不知道为什么,最近几日我时常想起她。马德莱娜是圣母院的女疯子,是圣母院的重要人物之一,总在走廊上破口大骂,控诉那些执事、教堂里出租椅子的人、神甫和唱诗班的孩子们。我以前在鲁昂的时候很怕但又想碰见她。鲁昂城内大大小小的教堂是市民的巨大功德之一,至今仍在接纳各类社会边缘人、半疯癫的人、被抛弃的可怜人,在别的地方已经不大能见到这些人了。

我记得在科西嘉岛的时候,夏天的每个周日都能在维纳科①的卢果教堂看到于连。那个和我差不多年纪的先天痴呆男孩每次做弥撒时都会站在中间的走廊,唱得特别大声,手臂会突然大幅度挥动。当神甫拿着圣餐杯往前走时,他会第一个跑过去领圣体。他让我有些害怕,但我还挺喜欢他的。他搅乱了死气沉沉的礼拜仪式,东奔西跑,让我在漫长的百无聊赖中享受了有益身心的"课间休息"。也许应该让那些疯子去支持法兰西王国的宗教信仰事业。这个职位应该授予鲁昂的马德莱娜,马德莱娜·迪费女士。有人碰见她时,她总会自我介绍:"我是高级护理员。"为了避免他人的怀疑,她还会补充道:"在妇产院,而不是在精神病院。"我

---

① 维纳科,科西嘉岛的市镇。

每次都会想，我出生在查理尼克医院时会不会是她替我母亲接生的。

我刚到就听见她在斥责那些纠缠她多年的神甫们：古德神甫、阿克特神甫、温特神甫。她还念叨着别的名字，脑后梳着灰白发髻，下巴上有个疣，小而圆的眼镜搭在尖尖的鼻子上，大步流星地在中殿走着，就像童话里的巫婆，俄罗斯桦树林里那个干枯、驼背的芭芭雅嘎女巫，她大大的草编手提包中也许就藏着神奇的药水。她在找寻有空听她跳跃性狂言妄语的聆听者，而我正是合适的人选。她的声音让我惊奇不已，那是一个来自过去的声音。那时的疯子们都讲着精准的法语，除了祷告之外，批评一切。

马德莱娜能指引我的调查吗？在丧失理智的真实世界，向那些很早就丧失理智的人寻求帮助并不是一件不符合逻辑的事。我在圣阿卡塔礼拜堂的偏殿找到了她，她正在展示她那些难以定义的"当代天主教艺术"画作。她的小短腿交替着走来走去，戴着手套的左手指着那些画，疯言疯语在石穹顶下回荡。她换了地方后,我跟着她进了主堂。她提出各种妄想自己被围困的问题,但不给任何时间回答。我就像耐心等待一位女预言家发言一样,等着那个合适的时机,提出我的问题。

"我想问问,马德莱娜……"

她又继续讲,说起神甫,和臆想的交谈者进行复杂的对话,不断重复"诡计"和"受虐"这两个词。她讲话时会仔细看着我,然后忽然移开目光,就像我突然从教堂消失了一样。我的存在系数在她眼里似乎变幻莫测,她脑子里"在"与"不在"反复转换,而我在其中可能只是她想象的一个声音。终于,我抓住短暂的停顿,提出了我的问题:

"您听说过天降死鸟吗,马德莱娜?"

我的问题就像一个企图打开山洞的错误口令,每当她喘息,我就重问一遍我的问题,一共问了5遍。我们的对话驴唇不对马嘴,就像一个永远合不上的圆圈。"您听说过……"她转向我,"天降死鸟吗?"她顿住了,仿佛终于听到我说话了,直勾勾地盯着我,然后大声尖叫:"全是肮脏的勾当！全是肮脏的勾当！主教可知道这件事，我告诉您。"

在马德莱娜的脑子里，一切都是神甫的阴谋、唱诗班的悲剧和堂区的诡计。我怎么能期望她和外面的世界有什么瓜葛呢？她的世界仅限于教堂，幸而这个世界硕大无比：一根巨型箭、50多米长的耳堂、一位大主教和7位神甫，还有无数阴谋诡计充斥她的一生。她在那儿已经晃荡了20年，参加所有的堂区会议，在布道和唱诗班排练时大吵大闹。也许，正因为如此，她至今才依然还活着。她继续谩骂："问题是那些鸟到处排便，毁坏了石头，但它们不在布格神甫漂亮的祭披上排粪……他们甚至请来了个……您知道吗……一个专家，从博物馆里请来的，一个专家，就为了赶走那些鸟。啊，是的，是的。他们一直讲'邪恶的鸟，邪恶的鸟'。又是温特神甫的鬼主意，我可不怕，我不会让人折磨我！"

她停了一下，像要给我时间理解这一连串话。我想我听懂了一些，这不可能是空穴来风，女预言家马德莱娜说了。我试图继续问下去,"他们"到底是谁。还有这次赶鸟行动、那场折磨、那个专家的专长,等等。那个温特神甫,他心里想的是哪个冬季①?

马德莱娜并没有回答我,而是径直走向祭坛,又开始疯癫地骂骂咧咧,这次的抨击对象是合唱队。我放弃了,只好弄明白她那几句有价值的话,解析她混乱的语言。把不同片段拼凑在一起,目前可以总结的内容是:她提到了一次赶鸟事件,此事归咎于鸟在教堂排便过多。温特神甫、布格神甫和一个没有名字的博物馆雇员和此事似乎有关。也许和粪便专家、椋鸟专家、教堂专家或者上帝专家也有关,我可不知道。

想赶走鸟群这件事让我想到了"驱赶者",我在一篇不可思议的报道里看过这个词。那是在机场负责驱赶可能钻进飞机引擎的动物的工作人员,他们戴着鸭舌帽,掌握所有捕猎的圈套技巧,认为野

---

① 温特(Winter)作为普通名词是"冬季"的意思。

鹅、鹳都能导致飞机坠落,甚至能钻进波音飞机的发动机。一定要保持警惕,因为一旦它们飞撞进机身,这些有翅膀的"大卫"就会折断飞机巨型的碳质翅膀。温特神甫有没有用"驱赶者"的方法呢?教堂是否布满了陷阱?我应该用精神分析的方法来分析那些话,这可是几天来我的鸟雨调查中出现的第一道曙光。我听到一个疯癫老女人的长篇疯话,但有一个声音(我是不是也得了精神分裂症?)告诉我事情有了进展,已经掌握了一些信息,就像上天用铅笔勾画出了一条线索。我的"野鹅游戏"[①]兴许有了进展。去自然历史博物馆之前,我没有经过牢房,但折回了父亲在庞斯库的住处。一切都始于此。

---

① 野鹅游戏,法国的一种桌游。

14

公交车把我放在了庞斯库的主干道——巴黎大道上，对面是一家超市。我已经5年没回庞斯库了。这里就像外省城市的郊区，和小时候比，这里一切都没变，而且也什么都不会变。我走到了大白杨街，不过我从未在这儿看到过一棵白杨，哪怕小小的一棵。我父亲住在47号，可是大门紧闭，所有的百叶窗都拉上了，除了三楼，那是他的书房。屋里没有灯光，花园还是我最后一次看到的那样荒芜，花草们不知道是该野蛮生长还是静待主人来修剪。但我还是按了门铃，一快一慢，按了很多次。我想确定父亲是不是对任何信号都没有反应，无论是门铃、电话、警报还是战争中的尖叫。我在花园里绕着房子走了一圈,最后回到大门前。

"他出去了,您知道吗?"邻居打开窗户,"请问您找他什么事?"

我朝她转过头。

"啊,原来是你呀,小维克多。我没认出你来,你变化真大。肯定是因为长了胡子还戴着眼镜。哦,我已经好久没看见你了。"

我挤出一丝微笑,可我没勇气演出重逢的喜悦。我询问了父亲的去向。霍恩太太告诉我,10天前见过他,据说他去航行了,他先开车去翁弗勒,把钥匙留给了她以防万一。她想把钥匙给我,但我并不知道用这些钥匙来干吗。比起这个破船似的老房子,我更喜欢我塞纳公主号船上的房间。

我抬头望着屋子,很沮丧,又感到不开心了。透过紧闭的铁栏杆看世界,很可能是我父亲传授给我的最好的东西了,他向我展示了一种永不满意的生活方式,当然只是对他的不如意不满意。

父亲悄无声息的离开让我很吃惊。通常,他去海上开自己那艘退休后买的塑料小船时,总是先通知我。一个电话或者一条信息,总是有点信儿的。我又回想起最近的事情:他的手机是通的。他是10天前出发的,也就是10月27日(我把这个日期刻在了脑子里)。10月27日刚好是第一场鸟雨的前夜,也就是庞斯库的那场(28日下午3点47分,根据《巴黎诺曼底》的报道文章)。父亲在自己的小船"凤凰五世"上,很可能在英吉利海峡的某个地方,很难找到这些事件背后隐藏的逻辑。

  我问了那位邻居有关鸟雨的事。显然,她也听说过,但没有更多信息,而且也丝毫不觉得此事重要。她告诉我鸟雨发生在公共林地那边,更靠北一些,在克洛德·莫奈府邸周围的田里,离我父亲家300米左右。该去看看这个印象派画作般的事发现场了。

15

　　我早该料到,什么也不会找到,那里是一连串沿荒地而建的橘色屋顶小屋,鸟儿们就是在那儿坠落的。我能期望些什么呢?一个侦探片的场景,幽灵般多节的树木,一股呛人的世界末日的气味?那个地方和希区柯克的电影《群鸟》中博迪加角①的那座小城一样平淡无奇。现在只差找到庞斯库的蒂比·海德伦②了,然后和她一起关在橘顶阁楼里,躲避随后即来的群鸟袭击。

　　简而言之:一片田、一些小屋,然后……什么都没了。我拿出自己的死鸟笔记开始画画:一片

---

① 美国加利福尼亚州北部海湾。
② 蒂比·海德伦,美国女演员,电影《群鸟》女主角的扮演者。

空地、一些小屋，然后没了。接着我又敲了几户人家的大门，想了解一些信息，一股地方记者般的职业热情忽然被点燃了：《诺曼底警示报》的特派记者，《鲁昂民主报》的专栏作者，《西北邮报》的战地记者。我无所畏惧，竭力和当地人进行接触，而且只穿着一件简陋的防弹衣：那就是我96页装的克莱方丹牌笔记本。但阿贝尔·伦敦①并没有想到这件事：周二下午，克洛德·莫奈府邸空无一人，连个周日写生的画家都没有。

一个老太太从窗帘后偷瞄了我几分钟，但没给我开门；一个清洁女工只跟我在对讲机里讲了几句，她对鸟的事一无所知；最终，一个出来修剪草坪的男人拯救了我无人理会的报道。在他的花园里有6只死鸟，他下午下班回家时发现的。

"这很奇怪，"他对我说，"但刚回来的时候我并没有被吓着。看着散落在四处的鸟，邻居家也是，我倒觉得很美，有点像一幅画。您知道，就

---

① 阿贝尔·伦敦（1884—1932），法国著名记者。这里指"我"。

是那种打猎题材的画,不过构图乱而已,但的确很美。一般来说,我们很难想象这些小小的动物能有什么味道,但它们的尸体臭气熏天。我当时是捂着鼻子看着那个场面的,之后看到好多人在周围又是拍照又是胡乱猜测的,群情鼎沸。听说好像有个小孩被一只鸟打中了头,他当时在荡秋千。您看,就在那边那个花园里。我觉得大家真的很害怕,尤其是那些当时在家里的人。因为鸟掉下来的动静还是很大的,整整持续了5分钟,而且还打碎了很多屋顶的瓦。

这事确实很不寻常。我们在想,就算当时天塌下来,我们也无能为力。接着市长来了。他跟人们握手,看起来很关切的样子。还有警察。我不知道他们来这儿干吗。穿着白大褂的兽医也来了,他们倒是没和人握手,但看起来个个都忧心忡忡,就像面对核泄漏事故。他们穿戴的样子实在可笑。后来我就去看新闻,结果媒体什么都没报道,好像什么都没发生一样。100多只椋鸟从空中落下来,整整5分钟,这都不算事儿,一切正常。想象一下,如果

100个人突然死在街上，我们还会觉得一切正常吗？好像在布兰维尔和巴杜维尔也有死鸟从天而降。现在消息都传开了，有人等着保险公司赔偿，但保险公司装聋作哑，是家庭事故、自然灾害、高空坠物还是动物袭击呢？这些鸟正好砸在法律的空白处。反正那些保险人总是爱钻法律的空子。我还好，没什么损失，只有花园小木屋有点损坏，没什么大不了。"

我和他都觉得关于鸟雨的新闻少得很蹊跷。他问我是哪家报纸的。真是个好问题，我说我是自由撰稿人，住在当地，我父亲在庞斯库有座房子。我没敢向这位诚实的老乡展示我的"防弹衣"（我的笔记），因为怕他笑我胡言乱语。我也没有告诉他恐怕很难找到一家报纸肯发表我的调查结果，甚至都不确定是否能发现值得发表的东西。如果媒体不想要我的报道，如果所有人都塞上耳朵，我就只能把这本笔记按类放回我的书房了。

到目前为止，我依然很难重组鸟类世界末日的场景，简直就是一片混乱，还缺那张最终的王牌来揭示不可攻破的谜题。这位沿街的居民又说:"我只知道那些人,兽医、科学家等,用他们在现场搜集的东西做分析,他们好像和鲁昂自然历史博物馆的一个家伙一起工作。"

在马德莱娜之后,这是我第二次抽到"博物馆"这张牌了。一切都告诉我,是时候去一趟了。

16

我从未去过这个自然历史博物馆,它因修葺对外关闭了15年,以前去火车站时我会时不时从它前面经过。博物馆外罩着的大棚布就像自然历史本身一样,一年比一年破败,已经被风雨撕碎了。我们也只能走到大棚处。我哥哥在旁边的柏维新街住过。我只记得他的公寓让人丧气,天花板上架着个大木梁。他比我大10岁,离家时我刚好10岁。他先在鲁昂租房住,然后搬去了巴黎,最后在尼斯附近安定下来。总之,他是要尽可能地远离诺曼底。此后,他不常联系家里,有时回来一下,很快就走了。他很少待在庞斯库,似乎总想尽快逃离。

我在街上走着,感觉自己又回到了巴黎,正

沿着另一个博物馆走，我每星期都去那附近看心理医生，她就住在植物园旁边。在那儿能看到圣贝尔纳河岸铁栅后那些悲惨的灰狼。每次去心理医生那儿，我都会走布封街。夜晚降临时，右边大展厅里那些人体骨架就会在黑暗中闪闪发光。左边稍远处，脏兮兮的玻璃窗后是昆虫学图书馆，也许还有一些落满灰尘的迷人的昆虫实验室。一年半以来，我和心理医生的谈话几乎千篇一律，在大多数交谈中，我都把时间耗在"艰难前行"和"停滞不前"这两个词上，还有些时候则游离于"注意力分散"和"抑郁"之间。我每次总是含糊其辞，结结巴巴，玩文字接龙游戏，有时其实只差几个辅音和一个小小的半谐音就能成功。虽然她没说，不过她肯定认为得先治好注意力分散问题，才能驱散我的抑郁，或者相反。总之，我的存在就像拼字游戏，需要重新排列口袋里的那些字母。

每次玩拼字游戏，我最喜欢的是摇晃字母口袋寻找逃生口时，那些塑料字母牌发出的清脆碰撞声。夏夜聚会，我穿着睡衣待在大人的桌旁，外婆深棕色美丽的手伸进绿色字母牌口袋,那画面依然清晰如昨。我又感觉到了在维纳科的房子里夜晚的凉爽,当我独自回到楼上房间时,墙上嵌着的不规则的大石头有点让我担心。拼字游戏就像生活一样让人泄气,明明可以拼出一个完美的词,却总是差一个字母或一个空格。我们总想积攒这些字母,把它们好好收藏起来,然后一下子拼出那个词,这样就能收拾拼字盘,结束游戏,高高兴兴地回味最后拼出的词,安稳地睡个好觉。但我们每次都得一轮一轮地慢慢拼,直到拼字盘上出现另外一个能挽回局面的词。一些人(算2分),一些午后(算3分),一些Y白天(算10分),还有很多E、A或S早晨(算1分),尤其是一些日子,我们无法用摆在我们面前的字母拼出任何一个词。一个L、一个T、一个I(每个字母1分),可以拼出"LIT"(床),一个简单的词,算3分,让人联想到不健康的睡眠、病态的困倦、游泳池边瘪掉的充气床垫。

我推开博物馆的铁栅栏,走进大厅,正准备找人咨询,突然发现一尊石雕半身像稳稳地端坐一角。雕像后面两根浮夸的石柱之间有一个大理石碑,上面刻的字让我目瞪口呆:"致费利克斯-阿基米德·普歇,科学院合作学者,博物馆创始人兼馆长,1828—1872。"我盯着石碑很久,想确认自己没有弄错。石碑四角分别画着一块螺旋状化石、一只金龟子、一朵野花和一只涉禽鸟。这个费利克斯-阿基米德确实和我同姓,或者说我和他有同样的姓氏,其实都一样,反正我们都姓"普歇"。

我一直觉得自己寻常的姓氏就像一匹质量一般的布,一件任何场合都可以穿的衣服,灰扑扑的,没有光泽。它由两个并不优雅的音节组成,一个音节表示一种有害的动物[①],另一个则提供无意义的押韵。以前叫普歇的人应该都是养猪的,也许是为了稍微提高自己名字的档次,把一个辅音换成了一

[①] 法语中"普"同"虱子"的发音。

个元音①，我也就凑合着用一个乡土气这么浓厚的姓氏。现在，我发现这个姓氏其实也并非太糟，在我的家族中，有一名学院成员，一名博物馆创始人兼馆长，但我确定从未听说过这个费利克斯-阿基米德。这个名字和头衔如果听说过是不容易忘记的。也许是另一个家族或者是另一支，又或者他光辉的名声从1872年开始就被抹掉了？

我转过身，背对着我的姓氏和这个假想的石雕祖先。我来这儿可是为了找到最近不断出现在我的调查中的那位鸟类学家。我问收银员是否认识或听说过此人，他让我重复了很多遍，最终同意我去找"他的负责人"。我要到了一个叫埃马纽埃尔·艾蒂安的人的电话。我的天哪，真是个美丽的名字。他是博物馆研究员，但此时不在，真遗憾。但我还是用我紧急情况下才用的温柔声音给他打了个电话，留了言，请求他尽快安排一次会面。

我有的是时间，所以索性参观起这个两层楼的

---

① 法语"养猪人"（porcher）的r换成u，就成了"普歇"（pouchet）这个姓氏。

小博物馆。除了给小孩看的几个翻新配画挂钟外，这里似乎从19世纪以来就没怎么变过。有许多横向并排的连续展厅，古老的镶木展窗后面有漂亮的标本，它们有时被安放在模拟的野生环境中。我并没去看狮子和豹子，而是去看那些不那么独特的动物。在我眼里，它们比热带丛林之王和靠肌肉与锋利的爪子掌控整个热带草原的猛兽更吸引人。有一个别致的狗类展区，展台上有一只斑点狗，正打量着一只嘴里衔着鸟的西班牙猎犬。下面的展区有两只红棕头牧羊犬，体态高贵地并排站着，完全无视另一只趴着的吉娃娃①。我在这些极普通的狗面前待了好几分钟，想象着它们遥远的祖先。是什么让它们有资格进入这个博物馆的呢？它们看起来有些不知所措，举着它们被制成标本的前脚，一动不动。它们感觉到附近的猎物了吗？

几米开外是一个很大的沼泽、沙岸、池塘鸟类展区，站着20多只不同种类的鸭子。扁扁的鸭蹼，昂首挺胸地站着，一副神气活现的样子，脑袋朝着

---

① 吉娃娃，世界上最小的一种宠物狗。

不同方向,就像一部老动画片永远不变的构图。每只鸭子毫无生气的眼睛好像都以各自的方式盯着我,就像某些人物画,无论我们在哪个方位,都感觉画中人一直盯着我们一样。这一小群鸭子挺着上身,嘴的颜色很鲜艳,永远这么看着我。我想它们这是要找我算账吧!它们知道我抛弃了它们在发电站的几个朋友,它们也许认出了我,但又假装没看到我,装作无动于衷,嘴巴上翘,其实心里在冷笑。

再远一些,一只鬈羽鹈鹕对自己的庞然大嘴并不在意。可以想象它为了孩子而自己挨饿的情形。在怪物展厅,一只双头羊羔和一头双体八蹄的小猪(上帝有时也玩加减乘除法)漂浮在气味刺鼻的福尔马林液里。我继续走着,想看完所有的展览,观察每一只蝴蝶,数数成排摆放在玻璃窗上方的蓝色小玻璃瓶:这些很可能被费利克斯-阿基米德使用过的小瓶子里装的是什么呢?通向不朽的过滤器,还是使人重生的软膏?我在展厅里漫无目的地闲逛,这里是动物学家和生物学家的宫殿,他们耐心制成的纹丝不动的动物已经穿越无数个世纪。

楼上放在第一个大厅正中的一件现代艺术品吸引了我。这是一个生了锈的车身骨架,极小,撞坏了的也许是菲亚特500,放在一张落叶铺成的地毯上。车架上遍插弯曲的大树枝,树枝上有几个空鸟巢。这个装置作品名叫"鸟车",艺术家是一个叫樊尚·迪堡的人。我围着它走了一圈,想起小时候的夏天,我们全家几乎每天都去科西嘉岛的山沟里游泳。在维基奥①的路上,我总会被那些搞不清楚年代、东翘西弯、被植物吞噬的车架迷住。我敢肯定这件艺术品就是车祸真实的遗留物。在那些危险曲折的路上,我父亲每次都像疯子一样开车,所以很容易理解为何会发生那么多车祸。(我后来才知道,当地人有个习惯:把自己不要的汽车、洗衣机、浴缸、烤面包机……所有那些占位置又没力气运到废品处理站的东西,通通扔进山沟里。)我想在那个年代,如果有一家子全部死于车祸,肯定没人有勇气走到那样陡峭的路尽头,沿着那样的陡壁

---

① 维基奥,法国科西嘉岛上的市镇。

下去找他们。

每次从浴场回来,坐在那辆红色雷诺涅瓦达里时,我只有一个愿望,就是父母令人筋疲力竭、永无休止的争吵能停下来,哪怕就几分钟。父亲开车总是开得太快,母亲总是坐在"死亡之座"的副驾驶位置上。我坐在后座的中间,一来为了更好地看清远处的路,二来也为了避免晕车。他们的争吵可以持续数小时,总有各种新旧理由可以争吵。他们在车里的争吵最让我难以忍受,不仅因为我必须在有限的封闭空间里忍受他们,还因为无奈的我还得在后座拙劣地扮演不讨喜的家庭维和部队的角色。大多数情况下我都无法平息他们的唇枪舌剑。为了忘却维和的失败,当然也为了疏导路途上的怒气,我会在脑子里拼凑一些故事剧本。其中有个剧本经常重演,这个梦与小孩子梦到自己变成孤儿相似,最后总要哭醒,但醒后反倒让我确认自己没有变成孤儿,所以这梦温情又糟糕。

我想象父母在第N次吵闹后,父亲猛地转动方向盘,我们便飞出弯曲的公路,掉进悬崖。这个场景非常美，而且极有电影感。车子飞了起来，然后沿悬崖侧壁慢速弹起，直到在谷底粉身碎骨。车就掉在水流边，周围升起一团尘土。观众会听到车皮的破裂声，接着是一阵沉默。当然，就像在电影里一样，我会是车祸中唯一的幸存者，流着血，但也不太多，从冒着烟的车里挣扎出来。这个可笑的故事并未就此结束，因为我还想到多年以后，再次来到山谷底部，那辆红色涅瓦达的车壳在丛林里依然显得很耀眼。只要能不断增加悲怆的气氛，我幼稚的思想就不会退缩。最终成了孤儿的我终于可以在这个家庭墓地前静思冥想，在这个锈迹斑斑、被荆棘和蕨类紧紧包裹的金属制成的虚荣前流下几滴眼泪。这就是我们的鸟车。

天暗下来了约莫有半个多小时。那些空空的大厅里只有几盏老式办公室灯泡照明，还有几盏新加的霓虹灯。现在我从温柔、朦胧的灯光到了耀眼的实验室白色灯光下。我的影子极清晰地映在玻璃橱窗上，以至于从某些角度看，我感觉自己站到了玻璃罩里那些动物旁边。我就在这只被流放到诺曼底普瓦图的驴身旁,和那些可爱的小野猪一起站在这片人工草地上。我的倒影几乎可以抚摸到这些弓背的棕熊,骑上那只粉色火烈鸟。博物馆每层都有一个看守员,二楼那个穿着旧式背心的看守,简直就是活脱脱的标本。他看了看自己的表,从大厅另一端冲我大喊博物馆要关门了。雇员和动物要安静地休息了。我请求他再给我一点时间,我只剩最后一个侧厅没看。他提高嗓门:"不行,先生。我们要关门了,请到出口。"

就在这时,我往右边跑到最里面那个展厅,假装没听懂他的第二次召唤。走进昆虫厅时,我听见他沿着大厅拖拉着脚步的声音。巨大的桌子上高高地摆放着蝈蝈、金龟子和各种蜻蜓。我在笔记本上抄下其中几种的名字(十二斑蜻蜓、狩猎蜻蜓、宽翅蜻蜓、四点蜻蜓)。这时,看守来了,突然戳在了我面前。我不可能继续记笔记了,也不能再留恋此时蜻蜓世界和人类世界的极度和谐了。

"嘿!先生!太不像话了。跟我走!真是够呛!"

我很后悔没能拍下这样的场面。我想象自己和这个看守躲猫猫，我躲到一头瘤牛后面，或者沿着那些豹子爬上去。有那么一秒钟，我本想搬出我的那位假想祖先，乞求通融（我的祖先1852年创建了这个博物馆，我至少可以安静地参观完吧？），最终还是放弃了（因为我没带身份证，无法证明与创建人同姓），跟着他走到门口。他用博物馆看守特有的冷漠且心平气和的态度押送我到了出口。

17

我被赶到了博物馆前的大街上,对面是老医学院坍塌的院墙,右边是同样关闭了的古代文化艺术博物馆。我觉得自己就像一只忧郁的宽翅蜻蜓,在不适宜的季节飞在鲁昂的上空。我刚得知一位德高望重的科学家和我同姓,而且创办了这座自然历史博物馆,还看到了几种以前不知道的鸭子。但这些都不足以让我的心情轻松起来。我想和一个大活人聊聊。那些冷冰冰的动物标本,还有从鲁昂到庞斯库的整整一天,从父亲的失踪到我假想的曾曾曾曾祖父……这一切都让我疲惫不堪。

我不想回到那艘船上去点含头盘、主菜、甜点的套餐和四分之一杯红酒。我算了算能和我喝一杯解忧酒的大活人,很快先否决了所有的同班同学,我可没心情听那些退伍军人的逸事。那就还剩让-皮埃尔、白马和克拉里丝,很明显我选择了给克拉里丝打电话。原因有二:她没有另外两位那么容易激动,同时也比他俩美多了。这个夜晚我特别需要动听而温柔的话。

她同意稍晚在教堂附近的酒吧和我见面。在见她之前,我走在街上,尽量什么都不想,专注于周围无意义的事物:交通指示牌的形状、百叶窗的颜色、人们的发质。只注意脱节的现实,不知不觉走向了酒吧。

我透过玻璃窗看着克拉里丝从街上走来。这是我第一次在陆地上看到她,她在行人中显得更脆弱,近乎踌躇和迟疑。她的美很适合陆地,在水上,她也散发出陆地的气质,而在陆地上她似乎又浸润在某种变幻无常的脆弱中。这是一个两栖女人,一种基因交错配列的结果,一条鲇鱼。

她点了一杯醇厚的白葡萄酒。在我看来,在

天降死鸟

生活中，我们都应该避免喝甜葡萄酒和烧酒。她觉得这个劝告非常可笑，那马蒂尼和波尔图呢？乡下存放在家中橱柜深处的水果酒呢？我点了一杯汤力伏特加，尽量不谈和白马可笑的打斗。她给我讲述了她如何在船上度过休息日、发动机的机械故障、音乐答题派对的可怕气氛。她刚从那儿逃出来。我问了问她大副的职业生涯和她漂流过的河流，她跟我聊起了在比利牛斯山的童年、在勒阿弗尔①学习商船航海的时光、蓝色塞纳公司、各种船闸和团队旅行的失落，希望能很快换一艘船，驾驶真正的大货轮，真正地航海。她问了我调查的进展，我马马虎虎地总结了一下：马德莱娜、教堂、没有死鸟的死鸟现场、动物标本、发电站旁的鸭子。她继续追问，好像还挺感兴趣。

我们又点了些喝的，此时此刻一切都非常完美，有她，有我的各种执念，还有一点点冰凉清爽掺汤力水的伏特加。我跟她讲了我著名祖先的半身

---

① 勒阿弗尔，法国北部海滨城市，诺曼底地区人口最多的市镇。

石像，讲了博物馆、蜻蜓和那些巧合。克拉里丝插话说她觉得这一切都很好，但不明白我"为什么要做这一切"。这确实不清楚。"快，告诉我你调查的真实原因。"她补充道。我有些蒙，不知道真相和理由突然出现是要做什么。她的问题动摇了我设定好的叙事结构，原本我想在讲述中保持条理清楚，这下子很难避而不谈我调查的逻辑和初衷了。为什么要做这一切？我想到的只有"焦虑"和"游手好闲"的各种近义词。我试着聊了聊放弃博士论文，然后谈我父亲，然后就不幸地结巴起来，但还想硬撑着讲述我的探险计划，"你可以……"

她打断我的话："真奇怪，你一解释就结结巴巴，就好像你的生活一言难尽。"

克拉里丝是只夜视力超好的鲇鱼，能在夜晚的大海里轻易辨认出岩石。有一个显而易见的事实，我一直期待把它清楚地表达出来：我的生活一言难尽。这可能也是为什么我上了一艘船，窥伺河岸上的那些死鸟，开始一项很多人漠不关心，也没人指派我做的调查。所以，是的，肯定是这样，我的生活一言难尽。我的那些承诺、选择、思想探险、社交活动和交往过的女人们都很难说清。我感觉我一直都没彻底讲清过在我身上发生的事，还白白浪费了一堆音节、词汇和口头计划。我向她承认我喜欢口吃的人，喜欢他们脆弱的优雅。

"我也不知道为什么，但所有的口吃者都会打动我，结巴永远是一种生死之间的存在方式。"我对她说，感觉自己是他们中的一员，对他们感同身受。各国语言的结巴们，让我们联合起来吧！"你知道吗，我经常想到他们讲不出来的句子，推迟发表的言论，死产的好词。想想他们内心有多少挣扎。口吃的人就像被判了刑的思想奴隶，而且是终身监禁。"

说着说着我再次激动起来：

"你知道，一个结巴就是句子的巨大坟墓。有时候，有些句子通过无法想象的巨大努力终于被成功地说了出来，就像死而复生的人：伸着双手，害怕在自由的空间里行走。它们就是僵尸句子。"

我说得太多了，我已经意识到这一点，但我只能这样。我还想说说摩西的口吃,这时,她又打断了我的讲话,不过这次没有问我问题,只是吻了我。我不知道是不是为了让我闭嘴,但我还是听之任之,因为她的唇舌比我这些嘟嘟囔囔要美妙多了。

过了一会儿,我们来到全景酒吧,几秒钟后就来到了舷梯旁,又过了几分钟,我俩就在她的房间里了。这一切都是在我头脑里说三句话的时间内发生的,我们继续拥吻。前一分钟还衣冠楚楚,后一分钟就开始宽衣解带,随后便缠绵在一起。甜蜜地陶醉其中。一切在我眼前都显得如此清朗:她裸露的长腿、小巧的胸部、准确的动作都在这狭窄的房间里清清楚楚。这是许多天来我第一次忘了鸟类,满脑子都是克拉里丝的身体。前些天奇怪的事情、艰难地追踪线索以及需要逻辑解释的调查都猛然消失。现实不再需要解释,没有了理想世界、天空和结巴,只剩下我俩在幽暗中寻找快感的裸露身体。不仅仅是颤抖、动作、爱抚、唇舌和被抚摸宠溺的肌肤,生命终于有了巨大的意义。

一切都显得不那么令人焦虑了,直到事情发生了转折,我的快乐意想不到地引来了一阵号啕大哭,伴随着痉挛。那是因释放和担忧而起的哭泣。在这艘漂流在河上、承载着众多疲惫者的船上,在这个狭窄的房间里,在这个十几个小时前刚遇到的女人的怀里,简单而幸福的身体交合带来了巨大的快乐。也许这对我来说太过意乱神迷,我赶紧安慰克拉里丝:

"没事,我只是感觉自己忽然掉进了巨大的空洞里,而这个空洞就在我内心深处,好像很深,但没事,没事。"

我的哭泣变成了大笑,或者说是又哭又笑,直到无法分辨哪些是哭哪些是笑,最后只剩下身体的颤抖和某种渴望引起的肌肉抽搐,让人难以理解。

一位女性朋友曾在某个晚上告诉我,雨燕是非常谨慎的鸣禽。它们从来不着陆,一生都在飞行。她还说:"它们的交配也是在飞行中进行的,交配结束后它们就死了,大大小小的公雨燕落到地上硬生生地死掉。"克拉里丝在那一晚什么也没说。没有比较,没有图像,没有笑话,而沉默在那晚是非常可贵的。虽然这次难以形容的精神危机可能显得非常可笑,但她仍把我抱在怀里,抚摸我的头发,就像安抚一个难以平静的孩子。我忘了此后我们都聊了些什么,只记得我就那样睡着了,心里很少像现在这样感到幸福又害怕。

我醒得还算早,克拉里丝还在我身旁睡着。我想到了鸟、费利克斯-阿基米德和后续的事情,于是起了床,看了看克拉里丝。在轻轻离开房间之前,我在一张印有"塞纳公主"抬头的纸上写下:"谢谢你,克拉里丝,我为昨晚的眼泪抱歉。今早我睡不着了,昨晚你真的很美,我会在鲁昂待几天。祝你旅途愉快!"

天降死鸟

18

我回到自己的313房,收拾好行李后就去城里喝了杯咖啡。在这一小插曲后,我就像从麻醉中慢慢清醒了一样,恢复了意识,但没完全醒。在岸边走的时候,我撞上一根柱子,然后又撞到了一位环卫工。我像一只被困在岸上的笨手笨脚的螃蟹,一步步艰难前行。我想起热拉尔·德·奈瓦尔①(这可是位真正的诗人)会时不时遛他的龙虾。他用蓝色丝带系着龙虾,在皇宫花园里散步。人们质疑这一怪诞行为时,他镇定地回答:"为什么遛一只龙虾

---

① 热拉尔·德·奈瓦尔(1808—1855),法国浪漫主义诗人、散文家,被认为是象征主义和超现实主义的先驱,主要作品有诗集《小颂歌》等。

就比遛一只狗、一只猫或者一只羚羊、一头狮子、一只其他的动物更滑稽呢？我喜欢龙虾，它们很安静、认真，了解海洋的秘密，也不会吠叫……"有一天，我听说龙虾是不会死的，或至少它们不会衰老，它们所有的细胞都在不停生长，因此也会变得越来越大。这是一种很可能永生的甲壳类动物，但有一天它会大到无法藏在自己的甲壳里，于是通常死于鱼类袭击。咖啡刚端上来，我就收到了埃马纽埃尔·艾蒂安的短信。他过一会儿可以和我在博物馆见面。我终于可以和我的第二个证人面谈了。去之前我重新看了一遍我的死鸟笔记，添加了一些细节，胡乱涂画了些莫名其妙的东西。11点，我到了埃马纽埃尔·艾蒂安的办公室，坐在他面前。他的办公室里放满了介绍各种鸟类的图板和图书，窗边还有一具积满灰尘的猛兽骨架。他看起来没什么特别之处：一头很短的金发、方形细边眼镜、难看的裤子、一件不像样的短袖衬衫。我感觉到他的态度很谨慎，他一上来就告诉我他时间非常少，然后问我是谁，为什么对此事感兴趣，谁派我来的。"你要从哪里说起呢,我的鸟类同行?"我含糊其辞,决定说自己是独立记者,当然和任何一个新闻机构都没有联系,也不属于任何一个国家机构或政党。事实上我取决于一切,取决于各种偶遇,取决于我的执念、懒惰和希望,企图了解他的调查结果。埃马纽埃尔巧妙地回避了这个问题,迟迟不答。他用实验员特有的那种毫无热情的平淡口气跟我绕着圈子,于是我问得更详细:

"您听说过教堂周围鸟的事情吗?我没弄错的话,好像那里发生了什么。"

和马德莱娜的话相比,这句"我没弄错的话"已经非常"大胆"了,不过倒也无所谓。

"啊,是的,他们几个月前给我打过电话。一些睡在教堂屋顶的椋鸟让他们很苦恼,带来了一些麻烦。当然,那些石头确实被鸟粪损坏了,我们当时对是否采取措施赶走它们犹豫不决,结果大家还是什么都没做,是我建议他们什么都不做的。"

"他们什么都没做?"

"啊,是的,我对这点还是很肯定的。如果您想确认，可以直接问他们。我可以给您后勤主管温特神甫的联系方式。"

"但成百只鸟从天而降可不是常有的事呀……"

"您知道，我是大洋洲鸟类专家。我的博士论文和研究都有关卡劳巴布亚鸟（即蓝喉皱盔犀鸟）的繁殖和筑巢。就像它们的名字所指出的那样，它们大多数都生活在巴布亚和印度尼西亚。诺曼底的鸟类不是我的专长，但我认为这件事发生的原因有很多可能性：鸟群内部的冲突、集体性疯癫的发作、恐慌或者中毒。"

"那在这些原因中您倾向于其中某一个吗？"

"说实话，很难讲。我们还没有实验室的所有分析结果，也许杀虫剂与此有关，但我们也可能永远不知道发生了什么。您知道，最近在加拿大，人们发现了3700万只死蜜蜂，没人找出其中的缘由。昆虫从天而降，鸟也开始从天而降。天空已经不属于所有人了。"

"有可能我们永远得不到答案？"

"是的,有很多这样的现象,要学会接受无法探究的事实。作为科学家,我向您保证,这是最起码的认知。"

我没敢告诉他,作为死鸟调查者、庞斯库前居民以及老普林尼和查尔斯·霍尔·福特的读者,我很难接受"无法探究"这件事。天空不属于所有人?这就是你的解释吗,埃马纽埃尔·艾蒂安?我感到艾蒂安正直接威胁到我的调查,于是我换了话题。

"很有趣,来这儿的时候,我发现我和博物馆创建人费利克斯-阿基米德同姓。"

"您叫费利克斯?"

"不,我叫普歇!"

"啊。"

那是一种不温不热的态度,显然他对这种巧合毫无兴趣。他起身示意我见面结束了。我跟着他走向门口,询问了他有关费利克斯-阿基米德的事。他用怜悯的口气回答说:

"可怜的普歇,人们有点忘记他了。幸好门

口还有他的半身像。我想他正在从名人辞典里消失,他只因一件事出现在辞典里:他反对伟大的路易·巴斯德①,但输了。一场关于'微生物自然发生说'的激烈论争。我很想跟您多聊一些,不过我得走了。我要去梅斯的一个会议上发言,火车在半个小时后开。如果想更多地了解您的先辈,您可以去市图书馆,那里有不少有关他的资料。"

---

① 路易·巴斯德(1822—1895),法国著名化学家、微生物学家。他开创了微生物生理学,发明了巴氏杀菌法。

19

我坐在市图书馆的阅览室里,感觉自己就像为写一份家族成员调查报告而潜入前克格勃的双重间谍。图书馆苏联风格的室内环境让我感到平静:磨玻璃穹顶,灰色的斯大林式地毯,大大的资料抽屉是由西伯利亚松木做的,上面有小小的镀铬把手。我感觉自己被投射到了一张老照片上,探索一段黑白的过去。我借了似乎和这位先辈有关联的一切资料:讣告、书、简报和杂志。

图书管理员不分先后地把这些资料陆续放到我和我旁边的红发女士之间,她正专注地看着一本带插图的皮肤病学教材。随着我对这位祖辈的逐渐了解,我越发被这个费利克斯-阿基米德深深吸引。鲁昂市在1973年组织了一场研讨会，会刊以《费利克斯-阿基米德·普歇，现代细胞学创立者，鲁昂自然历史博物馆创建人》为题汇集成册，很多科学家援引过他的研究，社会学家布鲁诺·拉图尔就曾用一个章节写他。女生物历史学家马瑞利斯·康托尔甚至写了一整篇有关他的论文：《普歇——科学家与科普者》（我觉得这个题目简洁而优雅）。整整一篇论文啊！里面有一些总结性的示意图、双栏表格和一些数据。论文像大理石一样，表面冷若冰霜，其实格外吸引人。有那么一会儿，我又想到了自己因懒惰而要放弃的快被遗忘的论文。有时，我甚至想象论文在孤独地四处寻找我，靠三明治和高速公路空地上贩卖的劣质咖啡而活着。

我很快就从脑子里抹去了这个让人痛苦的画面，要了几个大纸盒，把1860年以来有关鲁昂自然历史博物馆的所有简报都放到里面。那么多人为我的这位祖辈贡献了自己人生中的一段时光，我对他们满怀感恩，当然也感激他们为我讲述了我家族的故事。在这一堆资料大杂烩里，我试图理出头绪，想弄明白到底是什么人生信念孕育出了如此多晦涩难懂的文献目录和略带霉味的书。

费利克斯是路易-埃泽希亚什的儿子、亚伯拉罕·普歇的孙子——出生在一个新教家庭中,排行老五,也是老幺,兄弟姐妹分别是:路易-布吕蒂斯、索隆、亨利-阿道夫和奥古斯特-泰奥多尔。他的父亲有16个兄弟姐妹。这就是故事的开端,我感觉《旧约》正在我眼前重写,不过是在诺曼底的巴勒斯坦。在这里,上帝的选民和先知都是些社会名流、工业家,有时是一些共济会成员。费利克斯-阿基米德在1800年降生到这个世界上(确切地讲是法兰西共和历第8年的12月),刚到了懂事的年龄,父亲就去世了。他的父亲是个手工加工厂厂主、人道主义者、科学爱好者,对热气球痴迷不已,看来是一个拥有崇高思想的人。他曾试着引进英国最新的纺线机,最后商业活动失败。

他死后没有留下什么遗产,但留给儿子费利克斯-阿基米德一个巨大的书房。从那时起,小费利克斯像其他人如饥似渴地阅读武侠小说一样,开始饱览各种物理书籍,很快在父亲的书房发现了陈列在一个巨大书架上的37卷书,那就是布封伯爵——乔治-路易·勒克雷克①的《自然史》,这套书将改变他的一生。布封从1739年也就是他被任命为国王花园总督的时候开始撰写此书,他当时有时间可以自由思考。那是15卷带版画插图的雕刻版《自然史——总论和个例》、9卷《鸟类自然历史》、7卷旁册、5卷《矿物自然历史》和1卷作为压轴戏的《磁石专论》。布封一开始就说道:"这是一套非凡的、包罗万象的有关四足动物、鸟、鱼、昆虫、植物、矿物的丛书,给人类的好奇心送上了一场饕餮盛宴。整套书如此详尽,以至于其中的细节取之不尽,用之不竭。"这些知识能耗尽很多人的一生。从此费利克斯-阿基米德在他鲁昂的家中(圣尼克拉街31号)再也不会感到无聊。冬夏时节,他每天都可以阅读它们(春秋他会采花,做成草本集,也可能搜集一些

---

① 乔治-路易·勒克雷克(1707—1788),法国博物学家、数学家、生物学家、宇宙学家、哲学家、作家。

昆虫）。布封书上所说的食肉植物曾是他第一个酷爱的种类，但之后他并没有重拾这个爱好。几年之后他给自己的儿子取名乔治，和自己的启蒙导师布封同名。有其父必有其子，乔治最终成了博物学家和解剖学家，甚至还是世界上最杰出的抹香鲸专家之一。对儿子还能有更高的期望吗？

读到这里，我不由联想到和他同名的古希腊伟大科学家——阿基米德①。费利克斯-阿基米德注定成为科学家。8年后他失去了母亲，15岁时成了孤儿。没有任何收入的他被安排到一个公证处工作。由于他的时间都用于阅读动物学和自然历史类图书，而没有抄写捐赠抵押公证书，所以很快被炒了。他的一个舅舅开始负责他的学业，可惜那个年代还没有生物学专业，所以费利克斯就跟随外科学教授阿希尔·克莱奥法斯·福楼拜学习医学。这名

---

① 阿基米德（前287—前212），古希腊哲学家、数学家、科学家，享有"力学之父"美称，与高斯、牛顿并列为世界三大数学家。

教授正是大作家福楼拜①的父亲，而作家福楼拜则成了费利克斯–阿基米德的学生，同时也是乔治的朋友（也是因为费利克斯，才有了作家笔下的露露——《一颗纯朴的心》中的鹦鹉。费利克斯就这样为全福②和文学史贡献了最感人的一只鸟）。

27岁那年，费利克斯–阿基米德离开了鲁昂，去了巴黎自然历史博物馆，那里给他提供了一个助理的职位。他大概是和扎拉法同时到达巴黎的。扎拉法是法国领土上的第一只长颈鹿，是埃及总督穆罕默德·阿里③赠送给查理十世的礼物。法国著名博物学家伊西多尔·圣希莱尔④让长颈鹿和跟随它的那支庞大的远征队伍从开罗出发，最后从马赛步行至巴黎，跟随长颈鹿的还有三只给它喂奶的奶牛。文章

---

① 居斯塔夫·福楼拜（1821—1880），法国小说家，主要著作有《包法利夫人》《情感教育》等。
② 《一颗纯朴的心》中拥有那只叫露露的鹦鹉的女主人翁。
③ 穆罕默德·阿里（1769—1849），奥斯曼土耳其帝国驻埃及总督，穆罕默德·阿里王朝的创立者，常被称为现代埃及的奠基人。
④ 伊西多尔·圣希莱尔（1805—1861），法国著名动物学家。

记载伊西多尔精心照料扎拉法,甚至亲手为它缝制了一件防雨风衣,以应付恶劣天气。

费利克斯本可以成为外科医生,但比起人类病理学,他更喜欢观察大自然,因此写了一篇有关植物的论文《有关茄科的自然和医学史》(如果我没弄错的话,其中应该包含97纲2700种。这可得花不少力气)。

阅读这个人物传记时,我非常钦佩它确凿无疑的口气,但我还是怀疑它被后人篡改过。不过这也不重要,这个年轻人开辟自己的人生道路,清楚地知道自己想要什么。我很难不把自己和他进行比较。虽然我不知道自己想要什么,但我非常渴望知道。

费利克斯完成了论文答辩,回到鲁昂,那里有他因致力于研究动物而抛下的植物。他被聘为远古动物学教授,随后鲁昂市长又任命他为植物园园长。他把植物园变成了一个真正的自然历史博物馆。费利克斯在自己的家乡变得前所未有的活跃,他是著名的教授,为博物馆和诺曼底地区忘我工作的科学家。在之后的很多年里,他给政府机构写了几封极有说服力的文章:《鳃角金龟子和幼虫的习性及针对其引起的灾害的解决方法》《绵羊的农业自然史——羊毛的改善》。在此之前他还发表了一篇题为《塞纳河的鳗鱼滩和科马希奥的工业》的文章。每年,大量刚孵出的鳗鱼会在夜晚成群结队地在塞纳河洄游(他亲眼见过),有时甚至会游过鲁昂,然后神秘消失(也许会在百慕大三角重生)。他建议省长利用鳗鱼大量繁殖的特征进行捕捞养殖,为人们的市场提供富于营养的鱼肉。另外,他还关心塞纳河溺水的事,以此为题发表了一篇文章:《有关抢救溺水者的思考》。他触及科学领域的方方面面,参与了地方生物、医学、人类学协会的创建,几乎快赶上真正的阿基米德了。不久的将来,他就可以在自己著作的扉页写上"骑士荣誉勋章获得者,金狮太阳荣誉长官,鲁昂科学文学院成员,斯特拉斯堡学院、图卢兹学院、卡昂学院、瑟堡学院、利雪学院、威尼斯学院、费城学院、都灵学院、布鲁日学院成员,林奈协会、诺曼底考古学家协会成员,公共教育部科学教育荣誉合作人,等等"。

是否有一天我能与如此德高望重的院士握手呢?也许作为"天降死鸟部"的荣誉合作人,我将获得老虎和丘比特勋章,成为法国所有省市地方鸟类协会的终身会员?我查看了目录,预订了其他所有有关费利克斯的书。他于1859年发表(他去世前13年)的《假复活动物的研究及实验》《软体动物解剖学和生理学研究》,总共25页,概括介绍了我希望了解的问题,还有他的《动物冷冻实验》……我看着这些书的名字,就像读到一首晦涩的长诗一样高兴(世界不就是为了成为一份漂亮的文献目录而存在的吗?)。他在《意大利旅行》之前写了一本小册子《窗边燕巢的演变及有关水蝾螈精子组织、鸟类卵黄组织论》,还有一本有关"蜗牛解剖学"的著作以及一些有关"不可见的生命抵抗"的研究。

费利克斯–阿基米德不停地做实验、写书、旅行。随着他数不胜数的著作问世,他开始受邀四处旅行:德国、意大利、埃及。他从埃及为鲁昂博物馆带回了一些动植物、石头和书。他的英国妻子安娜·克里斯蒂跟随他云游四海,一路上结识的科学家和博物家们都拜倒在她的石榴裙下。她一定非常优雅,因为英国著名的鸟类学家约翰·古德以她的名字命名了在澳大利亚发现的一种蜂鸟。那是一种极小的蜂鸟,学名就叫"普歇蜂鸟"(Heliothrix Poucheti),一定也出现在百科全书中大洋洲鸟类名称和鸟类术语里。看来最终的结果比我想象的要好:我有一个蜂鸟的名字。它们到底是什么鸟?长什么样子?这些普歇蜂鸟具体怎么生活?这些资料我都读了,然后情不自禁地想,在我身上发生的一切似乎都和我的名字存在隐秘的逻辑关联:无论我走到何处,总会和鸟类产生联系。

我不得不逮住第一根藤条,跳进这个文献大雨林中,我选了一本科普书,被它帕斯卡[①]式的书名

[①] 布莱士·帕斯卡(1623—1662),法国数学家、物理学家、哲学家。

所吸引——《宇宙，无限大亦无限小》。它第一次出版是在1868年，然后重印了三次，被译成英文和意大利文，是一本名副其实的畅销书，插图精美。费利克斯在其中花了很多篇幅描写动物雨事件，比如1834年在德国哈姆①从天而降的鲱鱼和青蛙，第166页讲述了燕子的迁徙。他写道："我看到过很多次，燕子因疲惫和饥饿而筋疲力竭，突然坠落到我乘坐的穿越地中海的三桅战舰的甲板上，奄奄一息。"

他没再多写。无论如何，他也看到了鸟的坠落，同样对此担心。我只是跟随他的调查而已，不自觉地继承了他的执念，接过他手中的接力棒。

阅览室静悄悄，此时的我因阅读而越来越兴奋，周围的书堆渐渐变矮。我动作很大，甚至不时情不自禁发出小小的惊叹声，旁边的皮肤科女生先是狠狠地瞪了我一眼，最后只得换到别的书桌去

---

① 哈姆，德国中西部城市，鲁尔区东北部工商业、交通、文化中心。

了。我知道这种硬攀的亲缘关系经不住严肃的甄别,但我还是觉得正在一条通往什么的路上。也许这并不是对鸟雨的阐释,而是对一个更久远、更幽暗的谜题的阐释。

我继续阅读这些有关费利克斯-阿基米德的传记文章,欲罢不能。有很多难以理解、引经据典、极复杂的段落,我对此充满了一种奇特的热情。我的笔记本慢慢地记满了关于死鸟的资料,费利克斯-阿基米德就像一位带来光明的使者。所有文章都跟在博物馆与艾蒂安令人失望的交谈中提及的那个情节相近。现在得好好定格在这个给我祖先的科学生涯带来荣辱的事件上了:微生物自然发生说。

这场争论是他人生最后的战斗,之前他因论证女性和哺乳类动物的"自发排卵"而声名大噪,在他之前,人们以为是受精引起排卵。普歇凭借十几只母兔子、母猪和一台在那个年代看来极其精确的显微镜,论证了"自发排卵",接着转换战场,开始研究微生物自然发生的问题,也称"偶然发生"。书一开头，他就对这个论点进行辩护（在这个下午稍晚的时刻，我在布尔什维克式的灯光下，看着眼前这份696页的论文，目瞪口呆）。《偶然发生或自然发生说》这样阐释了他的立场："微生物自然发生是一个新的有机体的产物，没有父母，其至关重要的成分来自周围环境的物质元素。"

普歇基于非常古老的理论做了新的实验，并发现了难以置信的事情："我们看到微生物和不同的隐花植物在长颈瓶中繁殖。该圆底烧瓶中的所有有机胚芽事先都被消除，且瓶中的空气要在经强硫酸大规模清洗后，通过一个经高温焙烧的陶瓷和石棉碎片的曲径才能进入。"简言之，在一段时间内，把一些易腐烂的物质和空气、水放在一起，然后过滤掉瓶内（他猜）所有胚芽，但依然产生了微生物、小生物、生命。因此费利克斯-阿基米德认为，有生命的、最初的物质可以无父母进行后代的繁殖。这是大自然的奇迹。在我把这一切记到我的本子上时，想给每句话都加个感叹号，这是一种难以名状的期待。他说，有一种生命迹象，一个创造的力量在"有亲发生"理论外活动。费利克斯–阿基米德有时称它为"依然无法解释的力量""生命本源"或者"生命可塑造启示"!

到目前为止,所有的观点阐释都很大胆。当然,17世纪之前,有些人轻率地妄言,在一个避光的桶里放上一些麦粒、水和一件被汗水浸透的衬衫,20多天后就会孵化出一只老鼠。还有一些人说,恶臭的、腐烂的动物尸体自己能迅速大量生蛆。但两千多年来,严肃的科学家们也一直在研究这个问题。费利克斯–阿基米德提到了他的先辈,并提请注意,虽然他修改了很多他们的分析,但他并不是第一个对该理论深信不疑的人:普林尼、普鲁塔克①、狄奥多尔·德·希思黎②和维吉尔③已经在他之前就有论述。根据他们的论文,我们甚至可以看到昆虫从洞穴的灰尘中诞生,埃及的地面自然孕

---

① 普鲁塔克(约46—120),罗马帝国时代的希腊作家、哲学家、历史学家。
② 狄奥多尔·德·希思黎,公元前1世纪的希腊历史学家。
③ 维吉尔(约前70—前19),古罗马伟大的史诗诗人,代表作有《牧歌》《农事诗》和《埃涅阿斯纪》。

育出老鼠，蜜蜂也会从腐烂的公牛腐肉中产生……和他走得很近的科学家也都相信"自然发生说"：布封、拉马克①、伊西多尔·圣希莱尔，还有不少为这一论说辩护的科学家。显然，普歇不再相信在极短时间内能诞生完美的动物，即基本成分在物质中偶然相遇而自发诞生，也不再认为蛇会从土地中诞生，蜗牛会从瓶中诞生。但他从极微观的层面，清晰地论证了一些微生物、没有父母的小动物，它们天生是孤儿，是自发产生的。

解释那场著名论战的章节有些让我迷惑。我知道，费利克斯-阿基米德发表的这些论述当时并没有被大家所接受。当时是1858年，他58岁（事情有时变得很简单）。论战是从他寄给科学院一篇论证此种繁殖事实的论文后开始的。一名年轻的化学家被普歇的这个理论震惊了，他研究的是发酵和与此毫无关系的其他学科。那个叫路易·巴斯德的36岁的

---

① 让-巴蒂斯特·德·拉马克（1744—1829），法国博物学家。

研究员，已经非常自信，准备大展宏图，宣称要开启一场有关自然发生说的特洛伊之战，这场论战持续了近10年。

普歇的第一篇论文寄出后，掀起轩然大波。巴黎科学院（那个年代科学界的绝对权威）在1862年决定把论战列入竞赛大纲中，对其进行公断。普歇在加热密闭、去除空气的圆底烧瓶中"制造"出了生命，巴斯德则指出，普歇看到的胚芽是从空气中产生的，他在圆底烧瓶中烧沸易腐的水，然后将其完全密封，结果没有任何微生物产生。于是学院的评委宣布巴斯德获胜，并奖励他一张2500法郎的支票。

费利克斯-阿基米德对此判决结果暴跳如雷。当然他并不服输，认为巴斯德过度加热圆底烧瓶，以致杀死了能发展成生命的胚芽。一场漫长的战斗就这样开始了。这是一场科学竞跑，双方都有各自忠实狂热的支持者和蔑视者，也有各自的实验装备和支持自己的评委。各大报纸争相跟踪报道。巴斯德在《科学监察报》和《论报》上自我辩护，普歇则在《世界宇宙》和《科学之友》上进行反驳和回击。人们指责普歇是个疯狂的唯物论者,竟然否定《创世纪》。费利克斯回答说,上帝白费心机地用6天创造了整个世界,没有任何迹象表明他不会再时不时地重新创造生命(尤其是在他自己的圆底烧瓶里)。上帝并没有理由毁掉造物的模具,并且总是在礼拜天休息。王室和教堂对这些自然发生论者斩钉截铁的态度心存不满,普歇由此推测自己是保守势力的受害者,他们联合起来反对不可阻挡的科学进步。随着阅读的深入,我渐渐站到了普歇这边,并把我的支持穿越时空送给他。

两个人不知疲倦地继续各自的实验,发表文章,报告实验结果。巴斯德想证明,人们认为已经从这些混杂着水与空气的易腐溶液中消失的微生物,其实还以粉状物形式存在,但极其细微,小到连显微镜都无法观察到。在普歇眼里,这个论点的纰漏在于巴斯德提到的微生物的存在无凭无据,怎么能以此否认从亚里士多德以来2000年的知识积累?于是巴斯德去了阿尔卑斯山,登临海拔2000米的冰川带,为了证明在这个海拔高度空气是纯净的,微粒更少。为了反对他,普歇则带着自己的圆底烧瓶和那一堆易腐物质去了比利牛斯山脉海拔3000米的马拉德塔山。考布博士帮他在勃朗峰上采集的空气也证实了他的推测。普歇时年64岁,已年迈力衰,但他的实验总是决定性的:物质能自我产生活力。他对此深信不疑,于是要求科学院再组织一个专家委员会,对这个问题作出裁决,而这也将是最后的裁决。他穷追不舍,科学院终于让步。1864年5月15日,双方将在专家评审面前演示他们的实验。

时间到来前的几周,巴斯德在索邦大学的"科学之夜"活动上做了一次学术报告。在众多听众面前,他的报告势不可挡,让人无法反驳,甚至有些羞辱人。"女士们、先生们,我来给你们演示那些老鼠是从哪里进来的。"在论证前他是这样开始的:"自然发生说就是不切实际的幻想,如果我们相信了它,就是被戏弄了。"他解释了自己的实验,讲述了在搅拌烧瓶时只需掺入空气就能让微生物进入。然而,在被仔细密封的弯曲细管瓶中,没有任何东西生成。原因很简单,普歇认为自然发生的微生物其实已经存在(人们很快就会称它们为细菌)。普歇的实验结果是错误的,空气中到处都是不可见的微粒,而这些微粒偶尔会在易腐尸体中繁衍,因此我们被微生物包围却并不知晓,也看不见它们。他的语气专断而自信,结语更是一击毙命:"遭到我的致命一击,自然发生说将永远无法再站起来。"

在这场可怕的报告会后,巴斯德在科学院评审团面前再次演示了他的实验。普歇和他的团队则请求延后,因为他们的实验规程还未准备就绪,觉得时机还不成熟。1864年的6月,那些尊贵的评审团成员们已经等了普歇太久。普歇最终决定不再做实验,因为他认为评审中有作弊现象,而且整个科学院都被巴斯德蒙住了双眼,又何必自取其辱呢?于是科学院在只见证了巴斯德的实验后便宣布了最终裁决:自然发生说缺乏依据,不予承认。再见了,孤儿微生物和自然发生的微小生物们。就像巴斯德所预想的那样,自然发生说再也没能抬起头。费利克斯-阿基米德-赫克特①就这样被打入了地狱。这场精彩的特洛伊生物大战就此落下帷幕。

此后,对普歇而言一切都变得不一样了。几位拥护者还继续支持他,但科学院的老朋友们却抛弃了他,各种羞辱让事态恶化。1869年,他在巴黎自然博物馆教书的儿子乔治,因曾在生物课上支持自然发生说而遭到公共教育部指控,最后被暂时免除职务。

但普歇自己从未放弃自然发生说。巴斯德很快发现了细菌并建立了微生物学。费利克斯在生命的最后8年里反抗他眼中的那场阴谋,直至死的那一天,都未放弃为自然发生说抗争。

天色暗了下来,图书馆里也随之变得昏暗。

---

① 赫克特是特洛伊王子,特洛伊第一勇士,且为人正直,是古希腊传说和文学中非常高大的英雄形象。

天降死鸟

我从书堆中抬起头,看看空荡荡的四周,既看不到胚芽,也看不到微生物。那个红头发的皮肤科医生早已逃走,只剩下几个无足轻重的读者。我有些疲惫。在这不间断的5个小时里,我解读和抄写这些生物学故事,虽然心里并不太明白为什么觉得它们很精彩,结局尤其让我喜欢。这个执着的逆风、逆水、逆巴斯德的自然发生说让我惊叹不已。巴斯德在1872年普歇去世时写了这段悼词:"这位有责任心的科学家值得所有人认可,不论功过,甚至他的失误也值得大家尊重。"我觉得我并不在乎巴斯德的尊敬,也许是单纯对"尊敬"这件事毫不在乎。我喜欢的是普歇在"他的失误"中走得很远,很远,直至尽头。这似乎不太符合逻辑,但这一天,我非常强烈地感到自己和费利克斯-阿基米德站在一起。我对这位也许不是我家族的先辈产生了强烈的好感。历史将这位学识渊博的人扭曲成生物界糟糕的失败者,一个杰出的、有狂热信仰的失意人。

我想,是否从那时开始这个诅咒一直在延续呢?微生物是不是层出不穷,繁衍出失败者非自然产生的后代呢?阿纳斯塔谢总是对我说,现在我们缺少的是失败大师、成功的失败向导。也许我刚找到了我的那位失败大师?几年前,我在电话里对她不停抱怨转瞬即逝的世界,我肩膀过于瘦弱无法承受这一切。她从她避暑的勃艮第①小村子给我寄来一张明信片,是黑白的,一棵大树,树下是几只在吃草的奶牛。她在明信片背面抄了亨利·米肖②的一句话,这句话比任何长篇阔论都更能鼓励我,至少在之后的几周之内。"如果你是命中注定的失败者,请不要输得太难看。"

费利克斯就没有输得太难看。在他即将完全消失之前,他还存在于字典、百科全书和科学文章中,而那场论战则总结了他的一生:"一个曾错误地反对过巴斯德的人。"他被简单粗暴地称为外省"有天分的显微学家""鲁昂自然历史博物馆永远的馆长"等,这些都是极其有限的概括。人们忘记

---

① 勃艮第,法国中部大区,位于汝拉山脉和巴黎盆地东南端之间,为莱茵河、塞纳河、卢瓦尔河和罗讷河之间的通道地区。
② 亨利·米肖(1899—1984),法国诗人、画家。

了他在软体动物、鳗鱼、鳃角金龟子、远古动物学、哺乳动物自然排卵方面的贡献,也忘记了他建立了也许是世界上最美的外省自然历史博物馆。有些人还猜想福楼拜的《布瓦与佩居歇》中的佩居歇就是以普歇为原型塑造的(两者有一些相同的人物特征,而且名字也只有两个字母不同)。我认为,巴斯德在此事中获得如此高的荣誉是极不公正的。

我并不反对巴斯德,我知道他是人类的恩人。是他利用发酵原理拯救了葡萄种植者和啤酒酿造者;也是这位伟人在全心全意攻克导致他的三个女儿身亡的传染病之前,解救了那些严重感染的蚕;也是多亏他,我才在和阿纳斯塔谢去印度前和所有人一样打了疫苗。当时我对注射的反应很剧烈:双臂肿胀,就像连续两个晚上做了手臂肌肉训练一样。我在上飞机的7天前发现,这趟充满期待的异域之旅根本无法拯救我俩的关系。我和阿纳斯塔谢分手了。因此我只在位于沃吉哈赫街的白瓷砖等候室里了解了一点点印度,还有为避免遥远的疾病而留在我体内的些许疼痛与苦涩。

分手后,在巴黎的第一个夏天,我感到自己刀枪不入。无论是流浪狗的袭击——哪怕它们把我咬出血,我都不会得狂犬病,还是巴黎北站那些小馆子里没煮熟的菜,也不会导致我得伤寒;如果需要的话,我甚至可以喝排水沟的水。多亏路易·巴斯德,我才无所畏惧。我一个人度过了一个有免疫力的夏天。

巴斯德在全世界都有学院。他给人们接种疫苗,拯救生命。而留给费利克斯-阿基米德的是什么呢?一尊在外省自然历史博物馆的半身像,一本老拉鲁斯字典中"失败者"的标签,一部思想狭隘的小说里一个被歪曲了的人物……

但在我眼里他更像埃克托尔而不像佩居歇。他为自然发生说辩护到底,直面巴斯德的拥戴者,直面科学断言(说实话我对此一无所知),也直面那些建议他在试管中加水的密友们。

而且,怎么能对近在眼前的事情视而不见呢?普歇就是那个无父无母的孤儿科学家,捍卫着自然发生说。他就是那个把布封的书当作唯一工具,借助显微镜来学习生物的人。他证明了我们都是独自进行自我塑造的,父母、胚芽和胚胎都没有用处。与其寻找我父亲的踪迹和他的支持,不如找到我那瓶封存的易腐的生命溶液。在原始溶液中,我的身体得以发育,自然出生,用不着继承什么,也不必与父母有任何相似之处。"不再是任何人的儿子",这也许能让我最终摆脱负罪感。毕竟这也是大人物们的命运:雅典娜完完全全就是从宙斯的头盖骨中诞生的,兰斯洛特①也是被湖之仙女薇薇安从湖底找出来的……我们可以自然而然地直接从细菌中繁衍出来,或脱胎于英雄人物、半人半神、湖上骑士、装备武器的女神,在美好的一天突然出现在一个水银长颈瓶中,与空气隔绝,对基因和基因组免疫,跳脱父母血液的影响。就在这一天,我明白了只需开始寻找别的父亲和别的支持。

少年时期我就想象着父亲要把我变成他的继承者,当然这也是理所当然的事。我会得到什么呢?

---

① 兰斯洛特,亚瑟王传奇中最伟大的圆桌骑士之一。相传他是由湖之仙女抚养长大的,因此也被称为"湖上骑士"。

他的优点还是丑恶？他对世界的仇恨还是他深深的关切？我不知道如何区别内心的图书馆和伴随着它的情感，区分知识和创伤。我很清楚这些问题本身不应该提，但我无法不去提这些问题。

图书馆的台灯在我周围一盏一盏地熄灭，就像倒塌的多米诺骨牌，通知大家图书馆即将闭馆。我在想我的那些鸟儿来这里做什么。为什么它们在如此靠近费利克斯-阿基米德的地方坠落？也许这个理论还缺少另外的一半？如果自然发生说倒过来也说得通，即自然退化说，完全被诱发的、突然的、意料之外的、无法理解的死亡呢？

读完最后一篇题目普通的文章，《一个伟大的鲁昂人》，我合上了翻开摆放在桌上的书。这篇文章提到费利克斯-阿基米德有两个儿子（乔治和詹姆士），他们没有任何知名的后代，文章补充道："这位伟大的博学者死后留下了一个有关鸟类的未完成的重要概论，永远发表不了了。"

走出图书馆透气之前，我努力说服自己，这个由无数不可能的未知组成的公式并没有变得更加难懂，我在笔记本上画出了这个示意图：

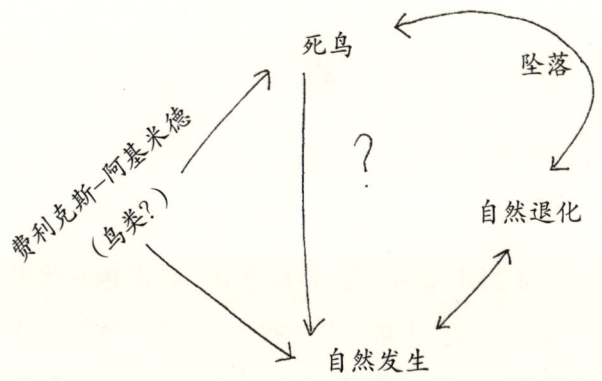

20

我走出图书馆,整个人处于一种奇怪的状态中。从某种程度上讲,是一种介于兴奋和无所适从之间的感觉。寒风刺骨。我想去睡一觉,但塞纳公主号和我的313号房间正在朝翁弗勒尔驶近。克拉里丝应该正在掌舵。比起上诺曼底的任何一个地方,我更想把头枕在她的肚子上。

得找个地方过夜。我不太愿意去敲高中老朋友的门,更不愿意睡在酒店里,最后还是被迫选择了预备选项:回庞斯库找个栖身之地。

我按了几次女邻居的门铃,她家的护窗板已经关上,真希望没白走这么远一趟。我昨天怎么就没想到把她要给我的钥匙收下？我拼命地按门铃，应该是把她吵醒了，因为她开门时穿着睡衣，一副生气的样子（现在的老年人几点睡觉？），她把我家的钥匙给了我，并没抱怨什么，然后转身关上门，用钥匙锁上。

进屋时我有一种很奇特的感觉，好像亵渎了什么似的。不知道是因为这里是父亲的地盘，还是对神圣事物的奇怪想法。我的第一反应是去二楼看看我小时候的房间是否还在。我既怕童年的痕迹被抹去，又怕依然如故。那扇黄色的门上还挂着那个小小的铜牌，上面写着"普歇医生"。我都忘了10岁时带回的这块牌子了，那年我祖父刚去世。我也忘了为什么把它钉在门上。我第一次觉得它很奇特。我小时候是家里谁的医生？我犯了多少医学失误？下过多少错误的诊断？做了多少靠不住的手术？又得到了多少诊费？

我的小床还在原位，床垫上没什么东西。我想起了印着"丁丁历险记"的被褥，那时它覆盖着床垫，也温暖了我很多年。上面画着快要进入隧道的火车,勇敢的记者丁丁在飞驰的火车上疾跑。在一个对话圈里,他喊道:"跟着我,白雪(丁丁的搭档狗)!"我当年在进入梦乡前会不停地重复这句话。

床后方挂着风暴中克里斯托夫·沃甘①的"热奥蒂斯"船的海报。海报已经泛黄,白帆似乎正在平静地腐朽,底部的红色大写字母写着:法国旺代环球帆船航海赛②胜利者——1997挑战赛。这样孤独的单人环球旅程该是多么可怕又激动人心!我当时快满12岁了,和父亲每天关注着这项比赛中的种种悲剧和壮举。父亲剪下报纸上的相关文章,给我留着,每天晚饭前我们都会一起看相关的电视报道,第二天我就能给我的初中同学们讲述这项航海冒险了,就好像我自己也参与了赛事一样。那一年,拉斐尔·迪内利在澳大利亚南边翻船,他抱着船架整整30多个小时,泡在3℃的水中,直到英国

---

① 克里斯托夫·沃甘(1959—),法国著名帆船手。
② 法国旺代环球帆船航海赛是由法国组织的环球不靠岸航海赛,被公认为最残酷的航海赛之一。参赛者在约4个月的时间里独自航行约2.6万海里,只经由卫星电话及电子邮件来联络。

人皮特·高斯因不当的操作改变了航线,从而成功解救了他。之后蒂埃里·迪布瓦和托尼·布里默在同一大洋的南半球海域翻了船。他们俩只相距几英里,后者被困在舵手座的空气袋里十几个小时,等待救援。我脑子里依然还有提耶西·杜博瓦身穿鲜红救生衣、朝澳大利亚救生飞机扔出的救生筏游去的画面。他在那片波涛汹涌的海洋里渺小和脆弱得难以置信。

这些海上冒险是如此地吸引我,以至于某天下午父亲带着我去了旺代环球帆船航海赛赛事转播间,转播间位于巴黎的大军街。那是在圣诞节假期期间,我们专程开车从庞斯库去了巴黎。那些孤独的帆船手每天的通话都能通过临时电台在赛事转播间听到。几位相关负责人、一位气象专家和一位记者围坐在一张桌子旁,播报着新的排名和海上船员的生活,并试图用卫星电话和他们联系。我们能听到帆船手们遥远且断断续续的声音。散落在四周的观众,包括我们在内,坐在椅子上听水手们在地狱里与陆地对话。风和海浪拍打帆船发出的啪啪巨响,让观众很难听清他们说的话。不过这些撞击声比他们讲述的南纬40°至50°之间的风景更加令人震撼。

那个临时电台的播放时段只持续一两个小时,之后我们并没有立刻回到庞斯库,有时会一路走到香榭丽舍大街。现在我甚至感觉和父亲在巴黎的闲庭信步延续了很长时间。当时的我还在为听到我的英雄们潮湿而混乱的声音而激动。我牵着父亲的手,他给我解释了许多我不知道的航海词汇,他教我认识"信号浮标""压载舱""摇摆船龙骨"、南部海域的各种水流和风暴。我想,要掌握这些,他自己也一定穿越过这些海洋。我当时自顾自地享受着短短的巴黎之行,当然是因为获得了这些知识,也因为在父亲身旁感到很幸福。当时我觉得可以把自己全部交给他,甚至可以躺在他的手心里安心休息。他就像一本令人放心的大辞典,能回答我儿时的所有疑问。

除了这张床和这张海报,整个房间堆满了报纸堆和纸箱,其中一个纸箱里应该有我10岁生日时父亲送给我的一面海盗旗、我收藏的"美好年代"①的塑料玩具小人儿,还有一些无暇追忆的童年遗迹。我儿时的房间变成了混乱的杂物堆放处,不过这点让我很满意。

然后我去了父亲的书房。"跟着我,白雪!"这总让我惶恐不安。书架依然在那里,放满了书,感觉父亲就像那些带弹簧的魔鬼,时不时从盒子里跳出来,从这些书里发出尖叫,冲我大喊告诉我不该待在这儿。我记得儿时的下午,父亲总在工作,我会试图分散他的注意力,当然也是为了打发自己的无聊。为了逗我,他会假装没看见我,继续工作,最后笑着对我说:"我希望你足够聪明,不要认真对待我的严肃态度。"然后递给我一本漫画书,我就回房去玩儿,感觉并不轻松也不过于严肃可怕。

书桌上有好几本笔记是翻开的。我瞅了一眼,

---

① 1871年至1914年法国乃至整个欧洲的和平年代,在这一时期,欧洲的经济、科技、文化都收获了长足的发展。

有些是信的开头,有些是要寄给地方报社的批评文章的草稿,还有一些是没有题目的文章。我记得父亲经常抱怨无法完成计划。从这点来看,我完完全全就是他的儿子,毫无疑问继承了这种反常的半途而废的习惯。桌子上还有几张修理船只引擎的发票,一张船员证(7421号,从佩尔赛山①到乌伊斯特勒昂②),一本雷翁·布罗依③的书,贴满了注释条。也许是那股刺喉的雪茄味,也许只因为我缺少勇气翻看一些未能藏好的东西,我突然感到一阵恶心,便跑去了浴室,很想吐,但喉咙一直很干。

我回到了客厅,坐在沙发上,盖上一条粗羊毛毯子,恶心的感觉慢慢消失了。在如此多不愉快的回忆涌上心头过后,我打开电视想看点什么解闷,后来就睡着了。周围灯火通明,似乎听到所有的美人鱼都在尖叫。人们通常认为美人鱼就是半人半

---

① 佩尔赛山,法国境内阿尔卑斯山的一座山峰,海拔2750米。
② 乌伊斯特勒昂,法国诺曼底大区的市镇。
③ 雷翁·布罗依(1846—1917),法国作家,代表作有小说《绝望者》。

鱼。但荷马对此非常明确地指出：美人鱼是半人半鸟，所以对水手而言，它们的歌唱才如此美丽和致命。有谁听过哪条鱼哼歌呢？

　　此时此刻我仿佛在黑夜里航行，得小心避免碰到海妖斯库拉和卡律布狄斯①。第二天早上6点23分，把我吵醒的并不是动画片的声音。时间显示在屏幕下方，现在的小孩都几点起床？

---

① 斯库拉是希腊神话中吞吃水手的海妖，守在意大利的墨西拿海峡一侧，海峡的另一侧是卡律布狄斯漩涡。

21

我昏昏沉沉地看着动画片,就像儿时无数个清晨那样。我有点担心,因为没完全看懂:一只紫色浣熊,长得像磕了药的猴子,毛绒绒的,想破坏几个小孩的娱乐,孩子们着装鲜艳(一个穿荧光绿,另一个穿宝蓝色),正在为一个次要人物(穿珊瑚橙的小孩)组织生日会。有那么一会儿,那群小孩开始吹气球(我又想到了老路易的细颈瓶),那只紫色的浣熊却通过某个巧妙的钉子装置,把那些气球一个一个都弄爆了,之后就是各种惊声尖叫和奇怪的动作。我既没弄懂那只伪浣熊为什么如此兴奋、幸灾乐祸,也没弄懂和小孩的这场冲突从何而来,当然更搞不清楚这些给珊瑚橙男孩庆祝的小孩为什么傻傻地激动成这个样子。

我最终还是在一小时后起了床。我需要冲个澡让自己舒服一点。在淋浴间,我用了至少10秒钟才反应过来停水了。一滴水都没有。我一动不动,光着身子,安静地待在浴室里好几秒钟,然后才决定尽快走出浴室。外面更暖和。

我不知不觉地走上了小时候经常走的一条路线,朝着河边、向着公墓走,因为河的上方就是公墓,跟海边的水手公墓一样。我买了一个葡萄干面包,经过大教堂,一直走到圣女贞德纪念碑。两天前我在塞纳公主号上远远地看到过它,那好像是100年前或者上辈子的事了。我上船时就像开始一次大探险,结果变成了无所事事,不过之后也许还会再变回大冒险,谁知道呢?(相反的情况当然也是可能的:我决定开始一件微不足道的小事情,期待它变成别的什么。)我希望将我的逃离变成一次探险旅行,我已经开始体会到这个回转门的乐趣,这是个大变化。大多数时候我总觉得现实在与我对抗:各种事物、我的意志、人类,一切都联合起来反对我、阻止我。在这种情况下,只有一些小事、错误的行动和小小的疯狂才能拯救我。一个小小的失误就能让我感到复仇成功,然后我才能重新带着爱的目光看待这个世界。这并不是因为它突然变得可爱,而是因为它证明了自己的滑稽可笑。

我家没有任何人葬在这个公墓。我在那里漫无目的地溜达,其间经过了法国诗人埃雷迪亚的坟墓。他是个了不起的家伙,不过现在多少已经被遗忘了(墓志铭:我那透过枝叶流浪的灵魂/将会颤抖)。他的墓在一个叫米歇尔·艾尔博迪(墓志铭:他的足球伙伴不会忘了他)的旁边,一个伊莱娜·罗伯特的人前面。

我一直走到公墓下方,在那儿既可以看到河,也可以看到高速公路,它们彼此紧挨着,不知道为什么都显得令人烦躁焦虑。我又走了一圈,然后从左边出去,朝庞斯库赌场方向走去。赌场宽大的玻璃窗洞、粗糙的黄色粉刷墙和石板屋顶让它看起来更像是乡下的一个多功能活动室,而不像一个豪华场所。在被改造成孤儿院后,它在20世纪90年代又变成了赌场,然后被烧毁。这座城市一定是因为亵渎慈善事业而受到了惩罚。

有一段时间父亲常去庞斯库的这家赌场,有时也去海岸边稍远些的赌场,比如多维尔、卡堡、维利耶海滨①的赌场。当时娱乐厅的消遣对他而言并不是真正意义上的娱乐,因为他赌博成瘾。他每次去都能待上好几个小时,甚至几天,一方面陷入了自己的贪欲,同时也为了逃避一大堆烦心事,其中最主要的是家事。这种逃避的时间长了,母亲自然就开始担心,担心他的经济状况,其实也是我们全家的经济状况;当然还担心他对身体和工作的"麻木不仁",并无视这样的现状带来的后果。母亲想让他回家,于是去赌场找他,很多次都无法说服他。父亲用刻薄的言辞将她赶走。

我坐在门口的阶梯上,等着母亲,看见她回来后坐在厨房里,不停地抽烟,用极大的碗盛咖啡,大碗大碗地喝。她比平时哭得更厉害了,有时候,

---

① 多维尔、卡堡、维利耶,法国诺曼底大区的三个海滨市镇。

因为她认为我对父亲的作用比她大，就让我去叫父亲回家。我都不记得这种事发生了多少次，也不知道要为这些早知会很难熬的夜晚而记恨谁。母亲先和门口的保安交涉好，然后我就得走进灯火通明的赌场寻找父亲。我那时真希望看不到他，但他就在一盏假钻石吊灯下面，在一群神情同样忧伤的老老少少的玩客中间，像筋疲力竭的探险者一样英俊，令人印象深刻。他穿着只在这种夜晚才穿的水手蓝西服，把这些夜晚赌给了轮盘，探寻着未必存在的宝藏。

我不想终止父亲的寻宝，也不想毁掉那些可能对他有利的时刻。我走在厚厚的鲜红地毯上，感觉格外好。我喜欢轮盘珠子发出的嘶哑干涩的声响，还有荷官宣布开赌的声音，真想整晚看他们玩，但最后还是朝他走了过去。我很怕看到他离开赌桌跟我走时的尴尬神情，后来听说那些总输的玩家被称作"死尸"。

这种事发生后的几周都会非常令人不快，让我产生负罪感，我很想跑得远远的藏起来。整个家沉浸在脆弱的寂静之中,大家都避免点燃我父亲无声的怒火,防止让他因狂怒而大吼大闹,但这种结局总是不可避免,他用各种方法让我们感到自己是"叛徒",这是他多年后清清楚楚说出来的一个词。

22

在这个11月的清晨,赌场的门是关着的。我又想到自己正在进行的调查,虽然觉得显然应该到教堂碰碰运气,似乎为了弄清这些被谋杀的鸟到底经历了什么(这次我觉得似乎真相越来越清楚),我应该四处调查,包括那些神圣的场所。我突然觉得,教堂的疯女人马德莱娜难懂的话值得深究,虽然博物馆的鸟类学家埃马纽埃尔·艾蒂安已经辟谣。也许温特神甫还有什么话对我说。我首先需要确认一下祈祷室的道德是否纯洁。谁知道我是否应该向神甫本人忏悔。这些让马德莱娜陷入疯狂妄想的人物不可能完全无辜。那个老女人的疯狂不知不觉对我产生了影响。事实上,这也是我父亲对大家的怀疑。多年来，父亲的信里老有"背后搞鬼"和"小阴谋"的想法。他指责我在父母分手时站在我母亲那边，之后又因某事站在我舅舅那边，接着是和哥哥一起搞阴谋，联合起来不给他任何一点消息，最后指责我不再回庞斯库看他。他年复一年地反复抱怨这些不满，现在我回庞斯库了，天空开始密谋反对人类和鸟类，而他却不在了。

我朝教堂走去，心里依然想着这个悲剧家庭以前发生的一幕幕。我想象着父亲在他的船上，我最后一次和他共同度过的时光就在那里。在我们的关系彻底破裂前，我们上了这艘船，那次航海像是我们给彼此的最后一次机会。事实证明那并不是个好主意，我们几天都待在一起，在一艘空间局限于9米长的帆船上，漂行在内疚、悔恨、指责和无解之中，但我和哥哥还是上了父亲的"凤凰五世"。

一开始还挺顺利，大海很美，我们忙于协作驾驶。驶出勒阿弗尔海湾时，海浪因远离了大陆这个自然屏障而变得肆无忌惮起来。我开始呕吐。我从

天降死鸟

小就这样,总是在驶过阿格角①灰色的大灯塔,进入"溃败海域"时就开始感到恶心。我在风中弯下腰,抓住扶手绳以防掉进海里,整个人吐得翻江倒海。我开始倒数到达下一个港口所需的小时数,哼着歌分散注意力,熬过时间。后来,我几乎习惯了恶心的感觉,不再觉得旅程难以忍受。我躺在露天处,向父亲示意我没力气说话。等我稍有些精神,他立刻又开始长时间的谩骂,唠叨着每个人的责任之类的话,又跟我们聊政治,这可没能阻止我晕船,反倒让我体力不支。我哥明显用了一个躲避计策:白天先在舱内睡觉,每个中途停歇站都下船,整晚在酒吧里喝酒,于是在接下来的白天里也就可以理所当然地大睡特睡了。我对父亲的态度变得很不友好,我已经无法忍受他了,常有呼吸困难的感觉。这次航海让我相信了凯尔泰斯·伊姆雷②的一个猜

---

① 阿格角,法国诺曼底大区伸入英吉利海峡的海角。
② 凯尔泰斯·伊姆雷(1929—2016),匈牙利犹太作家,2002年诺贝尔文学奖获得者。1975年出版以他在集中营的生活为背景的首部小说《命运无常》。

天降死鸟

想：浪子的传奇讲的极可能是一个不想被爱的人的故事。

航海结束前不久的一个夜晚，我们在泽西岛[①]圣克莱蒙海湾抛锚。第二天只有我很早就醒来，天刚蒙蒙亮。我从船舱里出来观察陆地，发现船在夜里朝海岸的方向轻微地偏离了航线，涨潮的压力让锚有些松动。我朝甲板走去，突然被船周围上百个极小的蓝水母惊呆了。它们围着船，像半透明的薄膜。冰海里的这一萤光护卫队，伴随我们一起偏航，这些小小的带细丝的生物在浅红色的晨光下闪闪发光。我们无法知道它们是死是活（这不正是它们的特征吗？）。也许这些水母意识到我们和它们有共同的血缘，它们天生的气质和这艘船上的安静气氛紧密相连。

我坐到了驾驶座，很想让被水母包围的船撞到岩礁，粉身碎骨。我可以跳进水里，弃船而逃（真正的船长是永远不会这样做的），也许在游到沙滩

---

① 泽西岛，英国皇家属地，位于诺曼底半岛外海20公里处。

前就会被水母蜇死。最后我还是去叫醒了父亲,让他发动船,然后把锚抛在稍远处。第二天我们的船到了格兰维尔①。这次回港让我前所未有地如释重负。

我从庞斯库的山丘顶朝鲁昂市中心走去,很想把脑子里这些过去的水母统统甩掉。我想象自己在大教堂的某个偏堂里,也许可以试着祈祷。我记得很多年都没祈祷了。我双膝跪地,闭上双眼,因为这种事情有时就得这样。我对上帝说话,为鸟们祈祷。我应该祈求上帝终止鸟儿的牺牲,让椋鸟等从此再也不要从天上坠落。我要祈祷,希望能顶住留有鸟儿坠落痕迹的天空。我要为天空的痕迹和抗争祈祷。我要为美人鱼因其歌声对水手失去魔力而最后一次陷入茫然空虚去祈祷,也为我自己被困在错误中祈祷。祈祷自己能摆脱条件式。我还要为"大结巴"和"小细节"祈祷,反对核泄漏事故;为温

---

① 格兰维尔,法国诺曼底大区海滨市镇。

柔的世界末日和微生物自然发生，为马德莱娜，为阿尔弗雷德，为费利克斯-阿基米德，为庞斯库及其教堂、公墓、赌场而祈祷。我应该会为"凤凰五世"、父亲的房子、我的童年房间而祈祷……

我戴着宽大的水手防风衣风帽，在从庞斯库到鲁昂的一路上轻声地自言自语。我怕是把自己当成了一个正在念经的和尚，直到我手机里怪诞的电子钢琴音乐响起，是让-皮埃尔。他在电话里气喘吁吁，就像刚在海边跑了很久，急匆匆地来向我确认上帝的存在。他对我说："我在佩尼德派①的沙滩上。您肯定不会相信，今早，不到一小时前，又下了鸟雨，都死了，铺在沙滩上，有足足200米长，也许有几千只。"

---

① 佩尼德派，法国诺曼底大区海滨市镇。

23

乘坐火车看风景对我来说是很平常的事,此时我却想着我本该在河上行走的路线,想着因乘坐这趟珊瑚号火车(法国国营普通列车)而错过的一切。我会经过巴杜维尔,也就是第三场鸟雨的发生地。我本可以在经过维基耶①时为莱奥波特蒂娜·雨果②默哀,也许还会在朱米耶吉斯的修道院停留。

铁路在北边绕开了塞纳河,在到达勒阿弗尔前会经过伊沃托和博尔贝克③。

---

① 维基耶,法国诺曼底大区旧市镇名。
② 莱奥波特蒂娜·雨果,法国作家雨果的大女儿,1843年淹死于维基耶。
③ 伊沃托和博尔贝克,诺曼底大区的两个市镇。

我和一对母子在同一车厢。小不点儿向母亲提出了自己想到的各种问题,当母亲的却心不在焉,草草回答。

"我觉得房子里没有空气。妈妈,房子里到底有没有空气?"

"……"

"妈妈?"

"你在家里呼吸吗?"

"呃,是的。"

"所以你看,房子里是有空气的。"

小男孩又问了母亲有关空气的问题,接着是火车,随后是玻璃窗里有什么,然后是有关氧气,最后妈妈就生气了:

"如果再继续问,你就不能呼吸了。"

小不点儿闭上了嘴。我想对这对母子说,最近我读过的无数文章中有一篇介绍了大多数鸟类都有第二个喉部,叫鸣管,或多块发声肌肉,这能让它们在呼吸的同时唱歌。小男孩需要的就是这第二个喉部,这也是我们大家都需要的,这样我们就可以不停地说话、喊叫,不用为喘气而中断讲话。

在伯乐贝克,一个20来岁的年轻女孩坐进了我们车厢,她还挺漂亮的,漂亮得足够引起我的注意。我观察了她几分钟,觉得自己对她的好感已经表现得很明显了,但我不得不承认在火车上和女孩们眼神交会越来越难了。她下意识地一直避开我的目光,看看短信,写写邮件,轻轻拨弄着巨大的手机看导航,她手指灵敏地轻触手机,与其说这很性感,不如说很让人焦虑。从侧面看着她低头用手机不停与他人交流,我就很满足了,眼前的画面好像带着忧伤。如果她抬起头,我们也许会聊聊阴沉的天气、商业海港、优秀学业或者椋鸟雨。

我在包里翻找毛衣(火车上没开暖气),手指碰到了为这次旅行准备的资料。我把它们拿了出来:普林尼和查尔斯·霍尔·福特的著作、《圣经》,还有一大沓出发时复印的资料。当时我觉得谜题的答案应该就在这些书中。在8车47座上,我不知道该怎么想……

列车到了勒阿弗尔郊区,离海滩越来越近。车厢里,一直在摆弄手机的那个女孩,现在开始不停地、难以察觉地、每次稍有不同地噘嘴。她应该是要立刻给几个朋友发一连串自拍照吧?小男孩趴在母亲的身上睡着了。我合上了死鸟笔记本。日子一天天地过去,我脑里有越来越多的鸟,越来越多的死鸟,越来越多的年份。显然,这个笔记本就是一个坟墓。我在纳闷,这对我到底产生了什么影响。这一群群的死鸟,那些真的鸟和书里写的鸟,那些在诺曼底的鸟,普林尼的鸟和庞斯库的鸟……我感受到了它们的分量。我想象着自己的思想就像一块电影银幕,一点点地被动物尸体填满,然后以乌鸦般的黑幕结束全剧。

雷同、做作的报站声吵醒了小男孩,打断了人们的回忆,提醒大家:"我们已经到达勒阿弗尔站,此次列车的终点站。请携带好您的行李物品,不要遗忘在车厢。任何被遗弃的行李都将被立即销毁。"

24

在勒阿弗尔，我一刻也不想耽搁。我给在海滩上等我的让-皮埃尔打电话。他说"卫生当局"还没到，这是他使用的一个奇怪的词语。我跳上出租车，告诉司机我要去佩尼德派的海滩。此时下着瓢泼大雨，我们穿过了整个城区，驶向诺曼底大桥。这是一座巨大的拉索桥，好像并没有和任何地方连接，只是在忧伤的空中孤零零地待着。司机一言不发，我自娱自乐地看着后窗上的雨滴在赛跑：我要选其中一滴在它身上下注，看着它被风推进，最先到达车窗边框。我得说有时候我会作弊，当我看到一滴雨很费劲甚至即将消失的时候，我就立刻选另外一滴，以免在到达终点前输掉比赛。

天降死鸟

　　海滩在海口稍靠南的位置。一离开佩尼德派，走完最后一段陆路，就能到达海滩。之前要经过一个停车场，那里有三辆小车和一辆贴有"上诺曼底法国电视三台"标志的小货车。我很想像美国电影里那样，在重新跟踪某人前，让出租车等着，可惜我没钱让出租车一直等。出租车掉了头，把我一个人留在了路边。让-皮埃尔应该离得不远。他是怎么知道这场鸟雨的？他为什么在这儿？我没有时间在电话里问他这些。我算了一下，塞纳公主号的旅行是前夜在翁弗勒结束的。我在脑子里疯狂地翻转着近日来的行走路线图，感觉自己像那个"小拇指"①，跟随扔在她前方引路的鸟石，在一条歧途上奔跑。这一切是否都是让我迷失的陷阱呢？

　　我跟着痕迹走，来到海滩时，看到另一头有一群人，离我大概100多米。我们之间隔着一个血淋淋

---

① "小拇指"，法国作家贝洛同名童话中的主人公，他只有小拇指那么大，父亲无法养活他了，便把他扔到山里，小拇指凭自己的机灵找回了家。

的大屠杀现场,看来是些小嘴乌鸦,其实比乌鸦小一些,它们有黄色的喙。目之所及,全是死去的乌鸦。每次退潮,海水就会带走一部分尸体,看起来鸟儿像是因长时间在深海漂游而死,然后突然被浪带到这里,也就是说淹死后被海浪冲到岸上的。它们就像一大批占领海滩的水母。

我双手捧起一只鸟,想再感受一下它的体温,但它早已冰凉,羽毛上附着着又黏又软的东西,有那么一刻,我甚至想把这个黏黏的东西涂到脸上,后来,我慢慢恢复了镇定,把它翻转过来:它的脚蜷缩着,而且很硬,就像突然被电击至死。海藻的气味和鸟尸体腐烂的气味混杂在一起,刺向我的喉咙和鼻子。

我数了数鸟的数量,每平方米有两只,海滩大概100米长、15米宽,也就是说有1500平方米,那就有大概3000只死鸟。世界末日是否就是这个模样呢?我小心地挪步,生怕踩到它们,所以显得步伐奇特。我绕开尸体,东转西转,步子或大或小。

从远处看，人们还以为我在慢动作跳死亡舞，世界末日的现代舞：在死鸟堆里弯腰跳来跳去。我走到了沙滩的高处，那里有一簇没有鸟尸的草丛。我看着白色的沙子上东一个西一个黑印，心想夏季应该有很多人的身体在这里躺过，就像尸体一样排成一排，期待着另一次的解放。

我朝刚才看到的那群人走去。那里有一位摄像师，身后跟着一位录音师和一位记者。摄像师双脚深陷在沙里，很可能是因为他沉重的手提摄像机。录音师拿着麦克风，我在纳闷他到底能录到什么，因为，很显然，这里鸦雀无声。没有飞翔，没有歌唱，死鸟们完全失去了鸟类的生命特征。让-皮埃尔走到我跟前说：

"这些鸟，您看看，这些鸟，太惨了。不过它们挺像人的，像那些从高处跳下自杀的人。您还记得从燃烧的两栋世贸大厦往下跳的人，那些形状模糊的身体下坠的奇怪轨迹。我没看到这些鸟是如何坠落的，但我想应该就是那样吧！"

让-皮埃尔也许是对的，这些鸟变成了人，鸟和人一样坠落,不过是死后下坠,而非什么神秘的飞行。不排除集体自杀的猜想。一群群鸟活累了,便决定采取某种无法理解的仪式,一起了结此生。它们到底因何成为牺牲者?让-皮埃尔继续向我解释:

"航行之后,我们本打算去我小舅子家待几天。他住在克里克伯夫①,就在附近。我今早溜达了一圈,立刻就给您打了电话。"

让-皮埃尔应该属于那些严禁杀害飞鸟的非洲部落,猎人等它们回到栖息的树丛中再开火。我感觉现在轮到我,呆若木鸡地站在枝头,并感谢从某个沙丘上射杀我的猎人。那个猎人一定是笨手笨脚地藏在荆豆丛中,耐心瞄准正在莫名其妙东跳西跳的我,然后调整靶心,对准我的心脏或者头,直到我定在某处,不再贴地飞行,像掉入陷阱、神经兮兮的山鹬似。但没了调查者,调查还怎么进行下去呢?

---

① 克里克伯夫,法国诺曼底大区卡尔瓦多斯省的村庄。

我坐了下来,很长时间我俩都一声不吭。面前布满死鸟的海滩让人哑口无言。沙丘的另一边,大概100米左右的地方,矗立着一些巨大的风力发电机,像是儿童的沙滩玩具,慢慢地旋转,硕大而可笑。我想把每个风动机都从地上拔起来,然后反方向吹它们。它们也可能是骑士,到了该战斗的时候了;或者是上帝的信使,不停地扇起风的三角叶片,指点着落到我们头上的暴风雨、爱情和绝望。几天之内数百只死鸟落到我头上,还有一位假想的祖先、一个驾船的优雅女人、一份微生物自然发生诺言。我是不是终于开始明白了一点什么呢?一个上帝,一些欲望,几条线索。

但这些都没有发生,倒是让-皮埃尔的手机收到了上天的第一个提示,也就是在这个悲伤的场景面前,我得知的那条重要消息,或者说那些重要的消息。让-皮埃尔边看边逐条给我读他手机上的信息。国际各大新闻社辟专栏报道美国科罗拉多州、印度尼西亚、瑞典等地出现的鸟类坠落事件。人们也在西班牙海岸、日本和乌拉圭发现大量死鱼。"简直是一场全球性危机。"让-皮埃尔高声对我说。我差点笑出声。大批死鸟从天而降,我们周围到处都是,全世界到处都是,但我们却不知道这一切的缘由。我看到远处很多人来到海滩,肯定是"卫生当局"的人,还有别的摄像机、看热闹的人和担心者。

我笨拙的小调查突然显得有些荒谬。全世界的天空都开始让人震惊,我却来到了佩尼德派海滩。庞斯库只是巨大灾难的一个先兆,预示着对无辜者进行大屠杀。这也许就像一个蹩脚的文字游戏,显然,对于未来几年将落在我们头上的东西,再也没有好办法。但我可以说,终于有那么一次机会,我曾经到过事发现场,成为全世界最先追随鸟雨踪迹的人之一。那些死鸟预示着人类所不知的毁灭,是吹无声号角的报信天使,塞纳河组团旅行中离队的牵线木偶,它们在努力拯救走向毁灭的人类。我感到无比陌生的历史和世界猛地抓住了我的领子。

让-皮埃尔的声音非常激动,继续讲着世界范围内的死亡数字:乌干达1.6万只云雀、特立尼达和多巴哥4.5万只黑鹂、英国牛津800只鹌鹑、法国欧塞尔[①]500只野鸽、布加勒斯特[②]附近6000只乌鸦……我内心的世界地图已经混乱了，不知道哪里是勃艮第，哪里是罗马尼亚，也无法区分云雀和老鹰。我已经被信息淹没，无法在头脑里把这些消息全部厘清。

  很快，那些严肃认真的人开始接手工作。一些专家将接受媒体采访。医生、科学家、高学历的鸟类学家们会尝试给出其他解释。目击者将会讲述自己的所见，政客们也将得出他们的结论，社论作者将对此进行评论，再过些时候，老练的作家们将开始巧妙地编写故事。我觉得自己没能力做这些事，全世界都疯狂起来，这都与我无关。让-皮埃尔继续叨叨着来自世界各地的快讯，我感到自己渐渐被压得喘不过气来。从某种意义上讲，我很珍惜诺曼底的这个鸟类世界末日，一个就在眼前的世界末日，一场温柔的灾难。现场位于距离首都几小时车程的地方，也可乘船到达。这几场地方鸟雨似乎和我的

---

① 欧塞尔，法国东北部勃艮第-弗朗什-孔泰大区市镇。
② 布加勒斯特，罗马尼亚首都。

软弱无力还挺搭。必须承认,面对灾难应急,我只是个门外汉。

我又想到了查尔斯·霍尔·福特的一句话。这个行秘术的老疯子在著作里写道:"在智力地形图上,我认为知识是一个被嘲笑围绕的无知小岛。"谁都可以理解这部《鲁滨孙漂流记》似的探险小说。查尔斯·霍尔·福特说:"我们对大多数事物都一无所知,只能嘲笑自己蹩脚的解释。"

突然,一阵奇怪的思乡之情油然而生。我很想回巴黎,回到我窗边有一盆日本植物的公寓。我也想起了住在一楼为他人撰写各种文书的邻居和巴贝斯地铁站东方婚纱店的导购们。我想在夜晚看到像灯塔一样闪耀的霓虹灯上的蓝色字母:"塔提①——最低价"。

坐飞机去科罗拉多州?航行到乌拉圭?穿过整个世界去拯救这个世界?沿塞纳河顺流而下,一直来到眼前的海滩对我来说已经足够。

---

① 塔提,法国连锁廉价超市。

25

我离开了让-皮埃尔,想独自走走。我给父亲打了电话,15天来他第一次接电话。我听到很长一声"哔",然后是很多人用英语交谈的声音。从这堆声响中分离出来父亲粗犷而疲惫的声音:"啊,是你。"就好像他只是离开了几小时。他很抱歉没接到我之前打的电话,他刚到根西岛①,船有些损坏,桅杆出了问题,然后是舵,他稍加修理,后来在来自爱尔兰海域的极低压气流影响下迷了路,得顶风低速航行,最后终于到达英诺群岛②,所以他那时

---

① 根西岛,英国海外属地,位于英吉利海峡靠近法国海岸线的海峡群岛之中。
② 英诺群岛,英吉利海峡中的一个群岛。

没有时间接电话。他问起了我的近况:"你给我打了好几次电话,有什么事吗?"我对鸟雨的事只字未提,我没勇气跟他解释这一切,而且他很快也会知道。我问了他之后的安排。"我会在根西岛待一段时间,把船修好,再到处溜达溜达,这个岛很可能成为我的圣赫勒拿岛①。"他再次告诉我他忍受不了法国了,就像生怕我忘了这件事,他强调说:"这个国家让我感到恶心。"然后他叫我和他一起航海,就好像之前的那些年、那些充满仇恨的信件从未存在过一样,也没有指责过我背叛他。我避开了这个话题,说我晕船,还有别的地方要去。我很乐意把海洋冒险留给他。尤利西斯②化装成老乞丐回来的时候,会假装认出我们,立刻剑拔弩张,随即

---

① 圣赫勒拿岛,英属海外岛,位于南太平洋。拿破仑曾被流放到此岛,并在这里与世长辞。此处父亲也暗指自己将在此地终老。
② 尤利西斯,罗马神话中的英雄,即希腊神话中的奥德修斯,希腊西部伊塔卡岛之王,曾参加特洛伊战争。战争结束后,因得罪海神波塞冬,回家的航程屡遭阻挠,历尽艰险才回到家。

灭掉他的竞争对手。如果珀涅罗珀①能从家中溜走，可能已经死了。忒勒马科斯②会放弃伊塔卡岛，前往更令人兴奋的城区，其他人将对此毫不在乎。今天，没人会等尤利西斯，我们已经丧失了耐心。

我坐在沙丘上，坐在隐蔽猎人的地方。看着海滩，想看到从阿拉斯加货船中掉下的一只黄色塑料小鸭漂流到这里。我身旁放着死鸟笔记，它是我最后这几天的临终圣餐，我在上面记下了最后几个字：

oiseaux oisif oiseux noix zozio épuisement

（鸟 懒散 鸟 黑 鸟 筋疲力竭）

这个清单里到底有什么？我按不同顺序读了几次。剩下的就只是最后那几个音节，我最后的词

---

① 尤利西斯忠贞的妻子，她在丈夫远征特洛伊失踪后，拒绝了所有求婚者，一直等待丈夫归来，忠贞不渝。
② 尤利西斯和珀涅罗珀的独子。尤利西斯出征特洛伊后，他由门托尔抚养。

语，我围着转圈的几个符号。

那不是笔记的最后一页，我倒是希望所有被创造出来的生物都能出现在我诺亚方舟般的笔记本里。但也可以留些空白，甚至某一天翻开记录着其他未知问题的笔记本。我的笔记看起来已经很厚了，我把它贴在胸口。这个苦心完成的荒谬之作显然是我这些年来所做的唯一有分量的事。

"你年轻时都做了什么？"

"我写了一本死鸟笔记。"

"啊，很好！"

我现在就像完成了一本旅行日记，又兴奋又绝望。我想过把它扔在海滩上，让它被雨水浸湿，被沙掩埋，这样或许才能解放这本忧伤的中世纪动物图画集。到现在为止，还缺少一些详尽的章节、一些拉丁动物分类与复杂的版画。里面有太多荒谬的故事、疑问和不了了之的东西。我倒更希望里面有更多的异国物种、迁徙的鸟、地域性有袋类动物、巨大的蚊虫、考拉和不寻常的鬣狗。我也更希望能在里面看到在大型野兽面前蹦跳的小羚羊、以羚羊的速度奔跑的大黄羊。很快，涨潮后，这些故事都会被淹没。也许人们会时不时看到有动物浮到水面，呼吸空气：一只山羊会在浪中扑腾，一只刺猬会跳到一只鳐鱼背上，一些椋鸟会重新飞起来。

我给克拉里丝写了一条短信，是愚蠢的美国电影式的表白，就像《爱情是给鸟儿的》。我躺在海滩上，想起了儿时一首被忘却的水手歌，不禁哼唱起来："咱十五人在这个死亡橱里／哟啦霍 一瓶朗姆要喝／魔鬼已经要定咱们的命／哟啦霍 一瓶朗姆酒……"

这些海盗所唱的"我们"让我振作起来，我的喉咙几乎能感受到远航水手的劣质朗姆酒的味道。沙是冰凉的，草有些扎背。我坐起身，朝死去的小嘴乌鸦现场之外望去。一只白鹭迈着又细又长的腿，在大海与沙滩之间大步走着，有些笨拙，但依然很美。从远处看，人们也许会以为它在数那些死去的鸟儿，或在看护着它们，又也许正在准备面对今后几场决斗的敌人。